ANIMALES FANTÁSTICOS

Y DÓNDE ENCONTRARLOS

GUIÓN ORIGINAL DE LA PELÍCULA

J.K. ROWLING

ANIMALES FANTÁSTICOS

Y DÓNDE
ENCONTRARLOS

GUIÓN ORIGINAL DE LA PELÍCULA

CUBIERTA Y DISEÑO DEL LIBRO
DE
MINALIMA

Traducción del inglés
diálogos: Warner Bros. Ent.
acotaciones: Gemma Rovira

Título original: *Fantastic Beasts and Where to Find Them - The Original Screenplay*

Publicado por primera vez en Reino Unido en 2016 por Little, Brown

Publicaciones y Ediciones Salamandra, S.A.
Almogàvers, 56, 7º 2ª - 08018 Barcelona - Tel. 93 215 11 99
www.salamandra.info

ISBN: 978-84-9838-790-2
Depósito legal: B-1.790-2017

1ª edición, enero de 2017
3ª edición, febrero de 2017
Printed in Spain

Impresión: Romanyà-Valls, Pl. Verdaguer, 1
Capellades, Barcelona

A la memoria de Gordon Murray,
héroe y sanador de criaturas en la vida real.

CONTENIDO

Guión original de
Animales fantásticos y dónde encontrarlos

11

Agradecimientos

241

Glosario de términos cinematográficos

243

Equipo técnico y artístico

245

Sobre la autora

247

Diseño del libro

249

Sinopsis

251

ESCENA 1
EXT. ALGÚN LUGAR DE EUROPA - 1926 - NOCHE

Una mansión enorme, aislada y en ruinas, aparece en la oscuridad. LA CÁMARA ENFOCA una plaza adoquinada frente al edificio. Todo envuelto en niebla, fantasmagórico y silencioso.

Cinco aurores, con las varitas en alto, avanzan con pasos vacilantes hacia la mansión. De pronto, una explosión de luz del blanco más puro los hace saltar por los aires.

La cámara hace un BARRIDO y vemos sus cuerpos esparcidos, tendidos e inmóviles, frente a la entrada de unos extensos jardines. Una figura (GRINDELWALD) entra en el cuadro, de espaldas a la cámara; se queda mirando el cielo nocturno sin prestar atención a los cadáveres, y la cámara traza una PANORÁMICA hacia la luna.

MONTAJE: vemos varios titulares de periódicos mágicos de 1926 relacionados con los ataques de GRINDELWALD por todo el mundo: «MAGO TENEBROSO ATACA DE NUEVO EN EUROPA», «COLEGIO HOGWARTS AUMENTA SEGURIDAD», «¿DÓNDE ESTÁ GRINDELWALD?». Es una grave amenaza para la comunidad mágica y ha desaparecido. Las fotografías animadas ofrecen detalles de edificios des-

truidos, incendios, víctimas que gritan. Los artículos se suceden rápidamente: la persecución mundial de GRINDELWALD *continúa. ZOOM sobre un último artículo en el que aparece la Estatua de la Libertad.*

TRANSICIÓN A:

ESCENA 2
EXT. BARCO ENTRANDO LENTAMENTE
EN NUEVA YORK - A LA MAÑANA SIGUIENTE

Un día despejado y soleado en Nueva York. Las gaviotas vuelan en lo alto.

Un gran barco de pasajeros se desliza por delante de la Estatua de la Libertad. Los pasajeros, inclinados sobre las barandillas, miran con emoción hacia tierra firme.

ZOOM sobre una figura sentada en un banco de espaldas a nosotros: NEWT SCAMANDER, *desaliñado, enjuto, con un viejo abrigo azul. A su lado, en el suelo, hay una maltrecha maleta de cuero marrón. Uno de los cierres de la maleta se abre solo.* NEWT *se agacha rápidamente y lo cierra.*

NEWT *se pone la maleta en el regazo, se inclina y susurra.*

NEWT
Dougal, tranquilízate, por favor. Ya falta poco.

ESCENA 3
EXT. NUEVA YORK - DÍA

PLANO AÉREO de Nueva York.

ESCENA 4
EXT. BARCO / INT. ADUANA - POCO DESPUÉS - DÍA

NEWT *camina por la pasarela del barco entre una multitud bulliciosa, y la cámara traza un ZOOM sobre su maleta.*

FUNCIONARIO DE ADUANAS *(FUERA DE CUADRO)*
Siguiente.

NEWT *está en la Aduana: una larga hilera de mesas junto al astillero, atendidas por funcionarios estadounidenses de gesto serio. Un* FUNCIONARIO DE ADUANAS *examina el estropeado pasaporte británico de* NEWT.

FUNCIONARIO DE ADUANAS
Siguiente. Británico, ¿no?

NEWT
Sí.

FUNCIONARIO DE ADUANAS
¿Su primera vez en Nueva York?

NEWT
Sí.

FUNCIONARIO DE ADUANAS *(señala la maleta de* NEWT*)*
¿Lleva algo de comida?

NEWT *(se toca el bolsillo superior del abrigo)*
No.

FUNCIONARIO DE ADUANAS
¿Animales?

El cierre de la maleta de NEWT *se abre otra vez. Éste mira hacia abajo y se apresura a cerrarlo.*

NEWT
Ah... Tengo que arreglarlo. Ah... No.

FUNCIONARIO DE ADUANAS *(con recelo)*
Déjeme ver.

NEWT *pone la maleta encima de la mesa que los separa y, con disimulo, sitúa un dial de latón en la posición «Apto para muggles».*

El FUNCIONARIO DE ADUANAS *coloca la maleta mirando hacia él y abre los cierres. Levanta la tapa y vemos un pijama, varios mapas, un diario, un despertador, una*

lupa y una bufanda de Hufflepuff. Cuando se da por satisfecho, cierra la maleta.

FUNCIONARIO DE ADUANAS
Bienvenido a Nueva York.

NEWT
Gracias.

NEWT *recoge su pasaporte y su maleta.*

FUNCIONARIO DE ADUANAS
¡Siguiente!

NEWT *sale de la Aduana.*

ESCENA 5
EXT. CALLE CERCA DEL METRO DE CITY HALL
ANOCHECER

Una calle larga, flanqueada por casas idénticas de piedra rojiza, una de las cuales ha quedado reducida a escombros. Un grupo de reporteros y fotógrafos pululan con la dudosa esperanza de que suceda algo, pero sin mucho entusiasmo. Un REPORTERO *entrevista a un hombre de mediana edad, que parece conmocionado, mientras ambos caminan entre los escombros.*

TESTIGO
Era como... como un viento. O como... como un fantasma. Pero oscuro. Y le he visto los ojos, blancos y brillantes.

REPORTERO *(impasible, con una libreta en la mano)*
¿Un viento oscuro... con ojos?

TESTIGO

Era como una masa oscura, y se ha metido ahí abajo, bajo tierra. Algo tendrán que hacer. Está por todas partes. Está fuera de control.

PLANO DETALLE de PERCIVAL GRAVES, *que camina hacia el edificio destruido.*

GRAVES: *ropa elegante, muy atractivo, recién entrado en la mediana edad. Su actitud contrasta con la de las personas que hay a su alrededor. Está atento, muy sereno, y transmite un aire de gran seguridad en sí mismo.*

FOTÓGRAFO *(sotto voce)*

¿Qué? ¿Tienes algo?

REPORTERO *(sotto voce)*

Un viento oscuro. Y poco más.

FOTÓGRAFO

Un fenómeno atmosférico, o eléctrico.

GRAVES *sube la escalera del edificio en ruinas. Examina la destrucción, entre curioso y vigilante.*

REPORTERO

Eh, ¿un trago?

FOTÓGRAFO

Ah. Lo he dejado. Se lo he prometido a Martha. Será algo atmosférico.

Empieza a soplar el viento y, acompañado de un aullido agudo, forma remolinos alrededor del edificio. GRAVES *es el único que muestra interés.*

Se oyen una serie de estallidos en la calle. Todos se vuelven y buscan el origen del ruido: una fachada se agrieta, los escombros que hay en el suelo empiezan a temblar, como en un terremoto, y de pronto el suelo revienta y se abre un surco por el centro de la calle. Es un movimiento violento, repentino. Coches y personas saltan por los aires.

A continuación, esa fuerza misteriosa se eleva, recorre la ciudad formando remolinos, entra y sale por los callejones, y al final se mete en una estación de metro.

PLANO DETALLE de GRAVES, *que examina el rastro de destrucción de la calle.*

Una mezcla de rugido y alarido sale de las entrañas de la tierra.

ESCENA 6
EXT. CALLE DE NUEVA YORK - DÍA

Al ver andar a NEWT, *descubrimos en él una naturalidad que nos recuerda a Buster Keaton; da la sensación de que su ritmo es diferente del de quienes lo rodean. Lleva un trocito de papel con una dirección en la mano, pero sigue mostrando una curiosidad de científico por el entorno, extraño para él.*

ESCENA 7
EXT. OTRA CALLE, ESCALINATA DEL CITY BANK
DÍA

NEWT, *intrigado por los gritos, se acerca a una reunión de la Sociedad para la Preservación de New Salem.*

MARY LOU BAREBONE, *una mujer del Medio Oeste de Estados Unidos, bien parecida, con un atuendo que recuerda al de las puritanas, pero trasladado a los años veinte, carismática y ferviente, está en una pequeña tarima junto a la escalinata del City Bank. Detrás de ella, un hombre exhibe un estandarte con el símbolo de la organización: unas manos que sujetan con orgullo una varita mágica rota y envuelta en brillantes llamas rojas y amarillas.*

MARY LOU *(dirigiéndose al público)*
¡Esta gran ciudad brilla con las joyas inventadas por el hombre! ¡Los cines, los automóviles, la radio, la luz eléctrica, todo nos deslumbra y nos embruja!

NEWT *reduce el paso y observa a* MARY LOU *como si contemplara un ejemplar de una especie exótica: sin opinar, simplemente con interés. Cerca está* TINA GOLDSTEIN, *con un sombrero bien calado y el cuello del abrigo levantado. Se está comiendo un perrito caliente y tiene un poco de mostaza en el labio superior.* NEWT *tropieza con ella cuando intenta llegar a las primeras filas.*

NEWT
Per... Perdón.

MARY LOU
Pero donde hay luz, hay sombras. Algo está amenazando a esta ciudad, siembra la destrucción y... desaparece sin dejar rastro.

JACOB KOWALSKI *baja por la calle con andares inquietos y va hacia el gentío; lleva un traje de mala confección y carga con una maltrecha maleta de cuero marrón.*

MARY LOU *(FUERA DE CUADRO)*
Escúchenme. Debemos combatirlo. Únanse a nosotros, los Segundos Salemitas, en la lucha. ¿Me oyen? Tenemos que luchar juntos por el bien de nuestros...

JACOB *se abre paso entre la multitud, pasa también al lado de* TINA *y la aparta.*

JACOB
Disculpe, perdón. Voy al banco. Perdón. Voy al...

JACOB *tropieza con la maleta de* NEWT *y desaparece del cuadro durante un instante.* NEWT *lo ayuda a levantarse.*

NEWT
Perdone. Mi maleta.

JACOB
No pasa nada. Perdón.

JACOB *sigue avanzando con dificultad, deja atrás a* MARY LOU *y sube la escalinata del banco.*

El jaleo alrededor de NEWT *llama la atención de* MARY LOU.

MARY LOU *(en tono simpático, a* NEWT*)*
  ¡Usted! Amigo. ¿Qué le ha traído a nuestra reunión?

NEWT *se asusta al ver que se ha convertido en el centro de atención.*

NEWT
  Sólo pasaba por aquí.

MARY LOU
  ¿Es usted un buscador? ¿Un buscador en pos de la verdad?

Pausa.

NEWT
  Soy más bien un cazador.

PLANO CERRADO de gente que entra y sale del banco.

Un hombre vestido con elegancia le lanza una moneda de diez centavos a un mendigo que está sentado en la escalinata.

PLANO DETALLE de la moneda, que cae a cámara lenta.

MARY LOU *(FUERA DE CUADRO)*
  Escuchen mis palabras, hagan caso a mis advertencias.

PLANO CERRADO de unas pequeñas garras que han aparecido en la estrecha rendija entre la tapa y el cuerpo de la maleta de NEWT.

PLANO CERRADO de una moneda de diez centavos que choca contra un escalón y tintinea.

PLANO CERRADO de las garras, que intentan con ahínco abrir la maleta.

MARY LOU
   Y ríanse, si se atreven: las brujas... viven entre nosotros.

Los tres hijos adoptivos de MARY LOU *(los adultos* CREDENCE *y* CHASTITY, *y* MODESTY, *una niña de ocho años) reparten octavillas.* CREDENCE *parece nervioso y preocupado.*

MARY LOU *(FUERA DE CUADRO)*
   Tenemos que luchar juntos por el bien de nuestros hijos. Por el bien del mañana.
   (a NEWT*)*
   ¿Qué tiene que decir, amigo?

NEWT *levanta la cabeza y mira a* MARY LOU, *y le llama la atención algo que ve con el rabillo del ojo. El escarbato, un cruce pequeño y peludo de topo y ornitorrinco, está sentado en la escalinata del banco y se apresura a esconder el sombrero del mendigo, lleno de dinero, detrás de una columna.*

NEWT, *sobresaltado, mira su maleta.*

PLANO CERRADO del escarbato, que está muy ocupado metiéndose las monedas del mendigo en una bolsa que tiene en la barriga. El escarbato levanta la cabeza, se da cuenta de que NEWT *está mirándolo y rápidamente coge el resto de las monedas antes de salir haciendo cabriolas y entrar en el banco.*

NEWT *sale disparado.*

NEWT
   Perdone.

PLANO CERRADO de MARY LOU, *desconcertada por la falta de interés de* NEWT *por su causa.*

MARY LOU *(FUERA DE CUADRO)*
   Las brujas viven entre nosotros.

PLANO CERRADO de TINA, *que camina entre el público y mira a* NEWT *con desconfianza.*

ESCENA 8
INT. VESTÍBULO DEL BANCO
MOMENTOS MÁS TARDE - DÍA

Un vestíbulo de banco de dimensiones impresionantes. En el centro, detrás de un mostrador dorado, unos empleados se afanan en atender a los clientes.

NEWT *patina hasta detenerse en la entrada del vestíbulo y mira alrededor. Por su atuendo y su conducta, se lo ve fuera de lugar entre los neoyorquinos vestidos con elegancia.*

EMPLEADO DE BANCO *(desconfiado)*
   ¿Puedo... ayudarle, señor?

NEWT
   No, estaba... es... taba esperando.

NEWT *señala un banco, retrocede y se sienta al lado de* JACOB.

TINA *espía a* NEWT *desde detrás de una columna.*

JACOB *(nervioso)*
Hola. ¿Qué le trae por aquí?

NEWT, *desesperado, intenta localizar su escarbato.*

NEWT
Lo mismo que a usted.

JACOB
¿Ha venido a pedir un préstamo para abrir una pastelería?

NEWT *(mira alrededor, preocupado)*
Sí.

JACOB
¡Pues ya es casualidad! Bueno, que gane el mejor.

NEWT *ve el escarbato, que está robando monedas de un
bolso.*

JACOB *le tiende la mano a* NEWT, *pero éste ya se ha levantado.*

NEWT
Si me disculpa...

NEWT *sale disparado. En el banco, justo donde antes
estaba sentado, hay un gran huevo plateado.*

JACOB
¡Eh! ¡Oiga, señor...! ¡Señor!

NEWT *no lo oye; está demasiado ocupado buscando el
escarbato.*

JACOB *coge el huevo en el preciso instante en que se abre la puerta del despacho del* DIRECTOR DE BANCO, *y por ella se asoma una* SECRETARIA.

JACOB
¡Eh, oiga!

SECRETARIA
Señor Kowalski, el señor Bingley va a recibirle.

JACOB *se guarda el huevo en el bolsillo y se dirige hacia el despacho, armándose de valor.*

JACOB *(sotto voce)*
Vale. Vale.

PLANO CERRADO de NEWT *persiguiendo con disimulo al escarbato, que va de un lado para otro por el banco. Por fin lo ve retirando una hebilla reluciente del zapato de una dama y escabulléndose a continuación, ansioso por encontrar más objetos brillantes.*

Ante la mirada impotente de NEWT, *el escarbato salta con agilidad entre maletines y se mete en bolsos, robando de aquí y de allá.*

ESCENA 9
INT. DESPACHO DE BINGLEY
MOMENTOS MÁS TARDE - DÍA

JACOB *está delante del* SEÑOR BINGLEY, *imponente e impecablemente vestido. Éste está examinando la propuesta de negocio de* JACOB *para abrir una pastelería.*

Un silencio incómodo. Se oye el tictac de un reloj y a BINGLEY *murmurando.*

JACOB *se mira el bolsillo: el huevo ha empezado a vibrar.*

BINGLEY
Selección de pastelería Kowalski... Actualmente trabaja... en una fábrica de conservas.

JACOB
No he encontrado nada mejor. Regresé... ah, en el veinticuatro.

BINGLEY
¿Regresó?

JACOB
Ah... De Europa, señor. Sí, formaba parte de las fuerzas expedicionarias.

JACOB *está nervioso. Hace como si excavara con una pala cuando dice «fuerzas expedicionarias», con la vana esperanza de que el chiste contribuya a su causa.*

ESCENA 10
INT. ZONA TRASERA DEL BANCO
MOMENTOS MÁS TARDE - DÍA

Volvemos a ver a NEWT *en el banco. Buscando el escarbato, ha acabado en la cola de un cajero. Estira el cuello y mira el bolso de una mujer que está en la cola, unos puestos por delante de él.* TINA *lo observa desde detrás de una columna.*

PLANO CERRADO de unas monedas que salen rodando de debajo de un banco.

PLANO CERRADO de NEWT, *que oye las monedas, se vuelve y ve unas garras que se apresuran a recogerlas.*

PLANO CERRADO del escarbato, sentado debajo del banco, gordo y ufano. Todavía no se da por satisfecho y se fija en la brillante chapa que cuelga del cuello de un perrito. El escarbato avanza despacio y, con descaro, estira una patita para agarrar la chapa. El perro le enseña los dientes y ladra.

NEWT *sale de la cola y se lanza debajo del banco. El escarbato se escabulle, corretea por encima de las mamparas del mostrador y huye de* NEWT.

ESCENA 11
INT. DESPACHO DE BINGLEY
MOMENTOS MÁS TARDE - DÍA

JACOB *abre su maleta, orgulloso. Dentro hay una selección de sus pastelitos caseros.*

JACOB *(FUERA DE CUADRO)*
Muy bien...

BINGLEY
Señor Kowalski...

JACOB
Tiene que probar los *paczkis*. ¿Sabe? La receta es de mi abuela. El toque de naranja es...

JACOB *coge un* paczki *y se lo muestra a* BINGLEY, *que no se deja distraer.*

BINGLEY
Señor Kowalski, ¿qué propone ofrecer al banco como aval?

JACOB
¿Aval?

BINGLEY
Aval.

JACOB *señala, optimista, sus pastelitos.*

BINGLEY
Ahora hay máquinas que fabrican cientos de bollos por hora.

JACOB

Lo sé, lo sé, pero no tiene nada que ver con esto.

BINGLEY

El banco tiene que protegerse, señor Kowalski. Que tenga un buen día.

BINGLEY, *desdeñoso, pulsa un timbre que hay encima de su mesa.*

ESCENA 12
INT. DETRÁS DE LOS MOSTRADORES DEL BANCO MOMENTOS MÁS TARDE - DÍA

El escarbato está sentado en un carrito lleno de sacos de dinero que vacía con avidez y va metiendo en su bolsa. Mientras NEWT *lo observa, horrorizado, a través de los barrotes de seguridad, un vigilante se lleva el carrito por un pasillo.*

ESCENA 13
INT. BANCO, VESTÍBULO - MOMENTOS MÁS TARDE DÍA

JACOB, *abatido, sale del despacho de* BINGLEY. *El huevo vibra en su abultado bolsillo. Alarmado,* JACOB *lo saca y mira alrededor.*

PLANO CERRADO del escarbato, aún sentado en el carrito, que el vigilante está metiendo en un ascensor.

PLANO CERRADO de JACOB, *que ve a* NEWT *a lo lejos.*

JACOB
    ¡Eh! ¡Señor! Creo que su huevo está eclosionando.

NEWT, *apurado, mira primero a* JACOB *y luego hacia las puertas del ascensor, que se están cerrando, y toma una decisión: apunta con su varita mágica a* JACOB. *Éste, con el huevo en la mano, se desliza mágicamente por el vestíbulo del banco hacia* NEWT. *En una milésima de segundo, los dos se desaparecen.*

TINA *contempla la escena, incrédula, desde detrás de una columna.*

ESCENA 14
INT. ZONA TRASERA DEL BANCO / ESCALERA - DÍA

NEWT y JACOB se aparecen en una estrecha escalera que conduce a la cámara acorazada del banco, más allá de los cajeros y los vigilantes de seguridad.

Con cuidado, NEWT le quita a JACOB el huevo, que al abrirse revela un pequeño pájaro azul con cuerpo de serpiente: un occamy. NEWT, maravillado, mira a JACOB como si esperara ver en él una reacción parecida.

Despacio, NEWT baja la escalera con la cría de occamy.

JACOB, muy desconcertado, mira hacia lo alto de la escalera, hacia el vestíbulo principal del banco. Al ver acercarse a BINGLEY, se agacha y baja por la escalera para no ser visto.

JACOB *(para sí)*
    ¡No! ¿Qué... es esto? ¿Pero qué...? ¡Disculpe! Yo estaba ahí, ahora estoy... Yo estaba, estaba ahí...

ESCENA 15
INT. PASILLO DEL SÓTANO DEL BANCO
QUE LLEVA A LA CÁMARA ACORAZADA - DÍA

PLANO SUBJETIVO de JACOB: NEWT está agachado, abriendo su maleta. Mete el occamy dentro con cuidado y le dice en voz baja, con dulzura:

NEWT
Adentro.

JACOB *(FUERA DE CUADRO)*
Hola.

NEWT
No. Tranquilizaos. Quieto, Dougal, no me hagas entrar.

JACOB *camina por el pasillo mirando fijamente a* NEWT.

Vemos un extraño animal verde, mitad insecto palo y mitad planta, que, intrigado, asoma la cabeza por el bolsillo superior del abrigo de NEWT. *Es* PICKETT, *un bowtruckle.*

NEWT
No me hagas bajar.

NEWT *levanta la cabeza y ve que el escarbato se cuela por la rendija de la puerta cerrada de la cámara acorazada principal.*

NEWT
Rotundamente no.

NEWT *saca su varita y apunta hacia la puerta de la cámara acorazada.*

NEWT
¡Alohomora!

Vemos girar los cerrojos y los engranajes de la puerta de la cámara.

BINGLEY *aparece por una esquina en el mismo momento en que la puerta de la cámara empieza a abrirse.*

BINGLEY *(a* JACOB*)*
    ¡Ah! ¿Así que iba a robar el dinero, eh?

BINGLEY *pulsa un botón que hay en la pared. Se dispara una alarma.* NEWT *apunta con su varita...*

NEWT
    ¡Petrificus totalus!

De repente, BINGLEY *se queda rígido y se cae hacia atrás.* JACOB *no da crédito a lo que está viendo.*

JACOB
    ¡Señor Bingley!

La puerta de la cámara acorazada se abre de par en par.

BINGLEY *(que sigue paralizado)*
    Kowalski...

NEWT *corre hacia la cámara. Dentro encuentra al escarbato tendido sobre una montaña de dinero entre cientos de cajas fuertes abiertas. El escarbato mira fijamente a* NEWT, *desafiante, mientras introduce otro lingote de oro en su bolsa, ya repleta.*

NEWT
    Es increíble.
    (al escarbato)
    No... seas así. A ver...

NEWT *agarra con fuerza al escarbato por las patas traseras, lo pone boca abajo y lo sacude. Cae una can-*

tidad de objetos de valor asombrosa y aparentemente interminable.

JACOB *mira alrededor, incrédulo y acobardado.*

Pese al altercado, NEWT *trata con cariño al escarbato. Sonríe mientras le hace cosquillas en la barriga, provocando que sigan cayendo objetos de valor.*

Se oyen pasos en la escalera, y varios vigilantes armados corren por el pasillo que lleva a la cámara acorazada.

JACOB *(presa del pánico)*
    ¡Oh! No, no, no. No. No disparen. ¡No disparen!

NEWT *se apresura a agarrar a* JACOB, *y los dos, junto con el escarbato y la maleta, se desaparecen.*

ESCENA 16
EXT. BOCACALLE DESIERTA,
AL LADO DEL BANCO - DÍA

NEWT *y* JACOB *se aparecen en una bocacalle. Suenan las alarmas del banco y vemos que en la entrada se aglomera gente y que llega la policía.*

TINA *sale corriendo del banco y mira hacia la bocacalle. Ve a* NEWT, *que está metiendo al escarbato en la maleta a la fuerza, y a* JACOB, *agachado junto a una fachada.*

NEWT
Bien. Por última vez, alimaña afanadora, quita las zarpas de lo que no te pertenece.

NEWT *cierra la maleta y mira a* JACOB.

NEWT
Lo siento mucho.

JACOB
¿Qué ha sido eso?

NEWT
Nada que le incumba. Por desgracia, usted... ha visto demasiado. Así que, si no le importa, quédese ahí, y en un periquete...

NEWT *busca su varita mágica y le da la espalda a* JACOB. *Éste aprovecha la oportunidad, coge su maleta y golpea con ella a* NEWT, *que cae al suelo.*

JACOB
Sí, claro. ¡Lo siento!

JACOB *sale corriendo a toda velocidad.*

NEWT *se sujeta la cabeza un momento y mira a* JACOB, *que ya ha recorrido toda la bocacalle y se ha mezclado con la muchedumbre.*

NEWT
¡Vaya por Dios!

TINA *camina por la bocacalle, decidida.* NEWT *se recompone, coge la maleta y, tratando de aparentar despreocupación, camina hacia ella. Al pasar a su lado,* TINA *lo agarra por el codo y ambos se desaparecen.*

ESCENA 17
EXT. CALLEJÓN ESTRECHO ENFRENTE
DEL BANCO - DÍA

NEWT y TINA *se aparecen en un callejón estrecho entre dos tapias de ladrillo. Todavía oímos sirenas de policía de fondo.*

TINA*, incrédula y sin aliento, se da la vuelta y mira a* NEWT.

TINA
   ¿Quién es usted?

NEWT
   Disculpe.

TINA
   ¿Quién es usted?

NEWT
   Newt Scamander. ¿Y usted?

TINA
   ¿Qué lleva en esa maleta?

NEWT

Es mi escarbato.

(señala los restos de mostaza que TINA *todavía tiene en el labio)*

Tiene algo en la nariz.

TINA

Por el amor de Deliverance Dane, ¿cómo ha dejado suelta a esa cosa?

NEWT

No era mi intención. Es incorregible. Ve algo que brilla y se lanza a...

TINA

No era su intención.

NEWT

No.

TINA

No podría haber elegido peor momento para dejar suelta a esa criatura. La situación es crítica. Tengo que llevármelo.

NEWT

¿Lle... llevarme adónde?

TINA *saca su documento de identificación oficial. Lleva su fotografía animada y un impresionante símbolo de un águila americana:* MACUSA.

TINA

Al Mágico Congreso de Estados Unidos.

NEWT *(nervioso)*
¿Así que trabaja para el MACUSA? ¿Qué es, una especie de investigadora?

TINA *(titubea)*
Sí.
(se guarda el carnet en el bolsillo del abrigo)
Al menos dígame que se ha encargado del nomaj.

NEWT
¿Del qué?

TINA *(un poco irritada)*
Del nomaj. Del no mágico. ¡Del no mago!

NEWT
Perdone, nosotros los llamamos muggles.

TINA *(francamente preocupada)*
Le habrá borrado los recuerdos, ¿no? ¿Al nomaj de la maleta?

NEWT
Ah...

TINA *(perpleja)*
No. Es una infracción del Artículo Tres A, señor Scamander. Tengo que llevármelo.

TINA *coge a* NEWT *por el brazo y vuelven a desaparecerse.*

ESCENA 18
EXT. BROADWAY - DÍA

Un rascacielos increíblemente alto, con la fachada muy ornamentada, en la esquina de una calle bulliciosa: el edificio Woolworth.

NEWT y TINA caminan deprisa por Broadway hacia ese edificio. TINA prácticamente arrastra a NEWT, al que lleva cogido por la manga del abrigo.

TINA
Vamos.

NEWT
Ah, lo siento, pero... tengo cosas que hacer, la verdad.

TINA
Bueno, tendrá que posponerlas. ¿Qué está haciendo en Nueva York, a todo esto?

TINA *guía a* NEWT, *sin miramientos, entre el abundante tráfico.*

NEWT
He venido a comprar un regalo de cumpleaños.

TINA
¿No podía haberlo hecho en Londres?

Han llegado ante el edificio Woolworth. Entran y salen trabajadores por una gran puerta giratoria.

NEWT
Oh, sólo hay un criador de puffskeins appaloosa en el mundo, y vive en Nueva York, así que no.

TINA *lleva a* NEWT *hacia una puerta de servicio custodiada por un vigilante con uniforme y capa.*

TINA *(al vigilante)*
Infracción del Artículo Tres A.

El vigilante abre la puerta inmediatamente.

ESCENA 19
INT. RECEPCIÓN DEL EDIFICIO WOOLWORTH - DÍA

Un vestíbulo de un edificio de oficinas típico de los años veinte. Gente pululando y charlando.

TINA *(FUERA DE CUADRO)*
    ¡Eh! Por cierto, no permitimos la cría de criaturas mágicas en Nueva York. Le cerramos el negocio hace un año.

PANORÁMICA para ver a TINA *entrar por la puerta con* NEWT. *Una vez dentro, todo el vestíbulo se transforma mágicamente y pasa de ser el edificio Woolworth a ser el Mágico Congreso de Estados Unidos (*MACUSA*).*

ESCENA 20
INT. VESTÍBULO DEL MACUSA - DÍA

PLANO SUBJETIVO de NEWT. TINA *y él suben por una ancha escalera y entran en el vestíbulo principal: un espacio enorme, impresionante, con altísimos techos abovedados.*

*En lo alto, un reloj gigantesco con varias esferas y ruedas dentadas y con la inscripción «*NIVEL DE AMENAZA DE EXPOSICIÓN MÁGICA*». La manecilla de una de las esferas señala: «*GRAVE: ACTIVIDAD DE ORIGEN DESCONOCIDO.*» Detrás, pende un retrato imponente de una bruja*

de aspecto majestuoso: SERAPHINA PICQUERY, *presidenta del* MACUSA.

Hay búhos circulando, y magos y brujas vestidos con ropa de los años veinte, muy atareados. TINA *guía a* NEWT, *impresionado, en medio del bullicio. Pasan al lado de varios magos que están sentados en fila, esperando a que un elfo doméstico que maneja un complejo artilugio compuesto con plumas les saque brillo a sus varitas.*

NEWT *y* TINA *llegan a un ascensor. La puerta se abre y aparece* RED, *un duende botones.*

RED
  Hola, Goldstein.

TINA
  Hola, Red.

TINA *empuja a* NEWT *para que entre.*

ESCENA 21
INT. ASCENSOR - DÍA

TINA *(a* RED*)*
  Departamento de Investigaciones Principales.

RED
  Creía que no...

TINA

Departamento de Investigaciones Principales. Infracción del Artículo Tres A.

RED *utiliza un largo bastón para pulsar un botón del ascensor que queda muy por encima de su cabeza. El ascensor desciende.*

ESCENA 22
INT. DEPARTAMENTO DE INVESTIGACIONES PRINCIPALES - DÍA

PLANO DETALLE de un periódico —El fantasma de Nueva York— *con los titulares «DISTURBIOS MÁGICOS», «RIESGO DE EXPOSICIÓN DE LA MAGIA», «EL MACUSA EN ALERTA MÁXIMA».*

Un grupo de aurores del más alto nivel de la organización están reunidos y enzarzados en intensas deliberaciones. Entre ellos están GRAVES, *que examina el periódico y tiene cortes y cardenales en la cara, resultado de su encuentro de la noche pasada con aquel extraño ser, y* MADAM PICQUERY *en persona.*

MADAM PICQUERY

La Confederación Internacional amenaza con enviar a una delegación. Creen que esto guarda relación con los ataques de Grindelwald en Europa.

GRAVES

Yo estaba allí. Se trata de una bestia. Ningún humano podría hacer lo que esa cosa es capaz de hacer, señora presidenta.

MADAM PICQUERY *(FUERA DE CUADRO)*

Sea lo que sea, hay algo que está claro. Hay que detenerla. Está aterrorizando a los nomajs. Y cuando los nomajs tienen miedo, atacan. Podríamos estar hablando de exposición. Y de guerra.

Al oír pasos, los reunidos vuelven la cabeza y ven a TINA*, que se les acerca con cautela guiando a* NEWT.

MADAM PICQUERY *(enojada, pero controlándose)*

Ya le he dejado claro cuál es su situación, señorita Goldstein.

TINA *(cohibida)*

Sí, señora presidenta, pero verá...

MADAM PICQUERY

Ya no es una auror.

TINA

No, señora presidenta, pero ha...

MADAM PICQUERY

Goldstein.

TINA

...habido un pequeño incidente y...

MADAM PICQUERY

Verá, en estos momentos tenemos grandes incidentes de los que preocuparnos. Salga.

TINA *(humillada)*
Sí, señora.

TINA *se lleva al desconcertado* NEWT *hacia el ascensor.*
GRAVES *se queda mirándolos, es el único que parece
comprensivo.*

ESCENA 23
INT. SÓTANO - DÍA

*La cabina desciende rápidamente por el largo hueco
del ascensor.*

*Las puertas se abren a una sala del sótano, estrecha y
sin ventanas, claustrofóbica. Un fuerte contraste con la
planta superior. Evidentemente, aquí es donde traba-
jan los casos perdidos.*

TINA *precede a* NEWT *ante un centenar de máquinas de
escribir que teclean sin que las maneje nadie. Del techo
cuelga una maraña de tuberías de cristal.*

*Cada vez que una máquina de escribir termina un
memorándum o un formulario, éste se dobla solo, formando una rata de papiroflexia que sube correteando
por la tubería indicada hasta las oficinas del piso de
arriba. Dos ratas chocan y se pelean, y se rasgan la
una a la otra.*

TINA *se dirige hacia un rincón lúgubre de la sala. Un letrero:* «OFICINA DE PERMISOS DE VARITA.»

NEWT *pasa por debajo.*

ESCENA 24
INT. OFICINA DE PERMISOS DE VARITA - DÍA

La Oficina de Permisos de Varita no es mucho más grande que un armario. Hay montones de solicitudes de varita sin abrir.

TINA *se detiene detrás de una mesa y se quita el abrigo y el sombrero. Intenta recuperar el estatus perdido adoptando un aire oficial ante* NEWT, *y empieza a revisar documentos.*

TINA
¿Y tiene el carnet de varita? En Nueva York es obligatorio para todos los extranjeros.

NEWT *(miente)*
Lo solicité por correo hace semanas.

TINA *(se ha sentado en la mesa y garabatea algo en un sujetapapeles)*
Scamander...
(lo encuentra muy sospechoso)
¿Y acaba de estar en Guinea Ecuatorial?

NEWT

He estado un año en prácticas. Voy a escribir un libro sobre criaturas fantásticas.

TINA

¿Una especie de guía para exterminarlas?

NEWT

No, para ayudar a las personas a entender por qué deberíamos protegerlas en lugar de... en lugar de matarlas.

ABERNATHY *(FUERA DE CUADRO)*

¿Goldstein? ¿Dónde está? ¿Dónde está? Goldste... ¿Goldstein?

TINA *se esconde detrás de su mesa y* NEWT *lo encuentra gracioso.*

Entra ABERNATHY, *un funcionario pomposo y tiquismiquis. Se da cuenta de inmediato de dónde está escondida* TINA.

ABERNATHY

¡Goldstein!

TINA *sale despacio de detrás de la mesa, con cara de culpable.*

ABERNATHY

¿Otra vez importunando al equipo de investigación?
(TINA *va a defenderse, pero* ABERNATHY *continúa)*
¿Dónde ha estado?

TINA *(azorada)*
¿Qué?

ABERNATHY *(a* NEWT*)*
¿Dónde lo ha cogido?

NEWT
¿A mí?

NEWT *mira rápidamente a* TINA, *que niega con la cabeza
con gesto de desesperación.* NEWT *se queda callado para
ganar tiempo: un pacto silencioso entre él y* TINA.

ABERNATHY *(enojado por la falta de información)*
¿Otra vez persiguiendo a los Segundos Salemitas?

TINA
Claro que no, señor.

Llega GRAVES. *Inmediatamente,* ABERNATHY *se acobarda.*

ABERNATHY
Muy buenas, señor Graves. Señor.

GRAVES
Muy buenas... Abernathy.

TINA *da un paso adelante para dirigirse con formali-
dad a* GRAVES.

TINA *(habla deprisa, impaciente por que alguien oiga lo
que tiene que decir)*
Señor Graves, éste es el señor Scamander. Lleva una
criatura en esa maleta, se le ha escapado y ha provocado
un gran revuelo en el banco.

GRAVES
Veamos a ese pequeñín.

TINA *suspira, aliviada: por fin alguien la escucha.* NEWT *intenta intervenir, con un pánico desproporcionado para tratarse de un escarbato, pero* GRAVES *no le deja.*

Con ademanes teatrales, TINA *pone la maleta encima de una mesa y la abre. Observa el contenido, aterrada.*

PLANO CERRADO del contenido de la maleta: está llena de pastelitos. NEWT *se acerca, nervioso. Al ver el contenido, se queda horrorizado.* GRAVES *parece desconcertado, pero compone una sonrisita de suficiencia: otro error de* TINA.

GRAVES
 Tina.

GRAVES *se marcha.* NEWT *y* TINA *se miran de hito en hito.*

ESCENA 25
EXT. CALLE DEL LOWER EAST SIDE - DÍA

JACOB *camina a buen paso bajo un cielo encapotado, con la maleta en la mano. Pasa al lado de carretillas de mano, tiendecitas destartaladas y edificios de viviendas. Continuamente vuelve la cabeza y mira nervioso hacia atrás.*

ESCENA 26
INT. HABITACIÓN DE JACOB - DÍA

Una habitación pequeña y sucia, con unos pocos muebles destartalados.

PLANO DETALLE de la maleta cuando JACOB *la tira encima de su cama. Mira un retrato de su abuela que está colgado en la pared.*

JACOB
  Lo siento, abuela.

JACOB *se sienta a su mesa, apoya la cabeza en las manos, abatido y cansado. Detrás de él, uno de los cierres de la maleta se abre.* JACOB *se da la vuelta...*

Se sienta en la cama y examina la maleta. Ahora el segundo cierre se abre por sí solo, y la maleta empieza a temblar y emitir unos gruñidos agresivos. JACOB *se aparta despacio.*

Se inclina hacia delante con vacilación... de pronto, la tapa de la maleta se abre y sale un murtlap: un animal con apariencia de rata y con una excrecencia en el lomo que recuerda a una anémona de mar. JACOB *forcejea con él y lo sujeta con fuerza con ambas manos, mientras el murtlap se resiste.*

BARRIDO a la maleta, que se abre otra vez y de la que sale disparado un ser invisible que choca contra el techo antes de atravesar el cristal de la ventana.

El murtlap se abalanza sobre JACOB, *le muerde en el cuello y lo lanza hacia atrás.* JACOB *tropieza con los muebles y cae al suelo.*

La habitación tiembla bruscamente y la pared con el retrato de la abuela de JACOB *empieza a agrietarse antes de explotar, al mismo tiempo que más animales se escabullen y salen del cuadro.*

ESCENA 27
INT. IGLESIA DEL SEGUNDO SALEM, SALÓN PRINCIPAL - DÍA - MONTAJE

Una lúgubre iglesia de madera, con cristales opacos en las ventanas y una galería interior elevada. MODESTY *juega sola a una versión de la rayuela, saltando a la pata coja sobre una cuadrícula dibujada con tiza.*

MODESTY
> Mi mamá tu mamá a una bruja van a atrapar.
> Mi mamá tu mamá pueden volar.
> Mi mamá tu mamá, las brujas no lloran.
> Mi mamá tu mamá, morirá una bruja tras otra.
> Bruja número uno, en el río se ahoga.
> Bruja número dos, le doy una soga.

Mientras canta, vemos que la iglesia está llena de parafernalia del grupo: octavillas de la campaña de MARY LOU *y una versión de gran tamaño de su estandarte antibrujería.*

ESCENA 28
INT. IGLESIA DEL SEGUNDO SALEM, SALÓN PRINCIPAL - DÍA

Una paloma gorjea en una ventana alta. CREDENCE *avanza, alza la mirada hacia la paloma y, mecánicamente, da unas palmadas. La paloma echa a volar.*

Seguimos a CHASTITY, *que atraviesa la iglesia y abre la gran puerta de doble hoja que da a la calle.*

ESCENA 29
EXT. IGLESIA DEL SEGUNDO SALEM, JARDÍN TRASERO - DÍA

CHASTITY *sale de la iglesia y tañe una gran campana que cuelga junto a la puerta.*

ESCENA 30
INT. IGLESIA DEL SEGUNDO SALEM, SALÓN PRINCIPAL - DÍA

MODESTY *sigue jugando a la rayuela.* CREDENCE *se para y mira más allá de ella, hacia la puerta.*

MODESTY
Bruja número tres, la veré envuelta en llamas.
Bruja número cuatro, los azotes la reclaman.

Unos niños pequeños entran en tropel en la iglesia.

ELIPSIS:

Van a servirles una sopa marrón a los niños, que se empujan unos a otros para llegar al principio de la cola. MARY LOU, *que lleva puesto un delantal y mira con gesto de aprobación, se abre paso entre el grupito de niños.*

MARY LOU
Coged primero las octavillas, y luego la comida, niños.

Varios niños se vuelven hacia CHASTITY, *que espera con actitud recatada y empieza a repartir las octavillas de la campaña.*

ELIPSIS:

MARY LOU *y* CREDENCE *sirven la sopa.* CREDENCE *escudriña minuciosamente todas las caras.*

Un NIÑO *con una mancha de nacimiento en la cara llega al principio de la cola.* CREDENCE *deja de servir y se queda mirándolo fijamente.* MARY LOU *estira un brazo y le toca la cara al* NIÑO.

NIÑO
¿Es una marca de bruja, señora?

MARY LOU
No, no es nada.

El NIÑO *coge su sopa y se marcha.* CREDENCE *lo sigue con la mirada, y* MARY LOU *y él continúan sirviendo la sopa.*

ESCENA 31
EXT. CALLE PRINCIPAL DEL LOWER EAST SIDE TARDE

PLANO DETALLE de un billywig, un pequeño animal azul con alas que parecen una hélice de helicóptero en la cabeza. Sobrevuela la calle a gran altura.

TINA *y* NEWT *andan por la calle.* TINA *lleva la maleta.*

TINA *(al borde de las lágrimas)*
No me puedo creer que no haya desmemorizado a ese hombre. Si hay una investigación, estoy acabada.

NEWT
¿Y por qué va a estar acabada? Si he sido yo el que...

TINA
No debo acercarme a los Segundos Salemitas.

El billywig pasa zumbando por encima de sus cabezas. NEWT *se da rápidamente la vuelta, horrorizado, y lo mira.*

TINA
¿Qué ha sido eso?

NEWT
Una... polilla, creo. Una polilla grande.

TINA *no se fía de esa explicación. Doblan una esquina y ven a una multitud congregada delante de un edificio que se está derrumbando. La gente grita; otros se apresuran a evacuar el edificio. Hay un* POLICÍA *en medio de la multitud, y los contrariados inquilinos del edificio están acosándolo.*

SALTO:

NEWT *y* TINA *caminan alrededor de la multitud. Al fondo, un* VAGABUNDO, *borracho, trata de captar la atención del* POLICÍA.

POLICÍA
Eh, eh. Calma. Estoy intentando tomar declaración.

AMA DE CASA
Le digo que ha sido otra explosión de gas. No pienso volver a meter a los niños ahí hasta que sea seguro.

POLICÍA
Perdone, señora, no huele a gas.

VAGABUNDO *(borracho)*
No ha sido gas, agente. Lo he visto. Ha sido un... enorme hipopóta...

TINA *contempla el edificio en ruinas y no ve que* NEWT *se saca la varita mágica de la manga y apunta al* VAGABUNDO.

VAGABUNDO
...gas. Sí. Gas. Gas. Gas.

El resto de la gente le da la razón.

MULTITUD
Gas... ¡Gas, gas, gas!

TINA *vuelve a ver el billywig. Aprovechando que está distraída,* NEWT *sube a toda prisa los escalones metálicos y entra en el edificio de viviendas en ruinas.*

ESCENA 32
INT. HABITACIÓN DE JACOB - TARDE

NEWT *entra en la habitación de* JACOB, *se detiene y se queda mirando: la habitación está completamente destrozada. Pisadas, muebles rotos, fragmentos de cristales. Peor aún: un agujero enorme en la pared de enfrente indica que algo muy grande ha salido atravesando la pared. Oímos a* JACOB, *que gime en un rincón.*

ESCENA 33
EXT. EDIFICIO DE VIVIENDAS - TARDE

CORTE a TINA, *que mira alrededor y se da cuenta de que* NEWT *no está entre la multitud.*

ESCENA 34
INT. HABITACIÓN DE JACOB

NEWT *se agacha al lado de* JACOB, *que está tumbado boca arriba, con los ojos cerrados y gimiendo.* NEWT *intenta examinar una pequeña mordedura roja que tiene en el cuello, pero* JACOB *lo aparta pese a estar semiinconsciente.*

TINA *(FUERA DE CUADRO)*
    ¡Señor Scamander!

CORTE a TINA, *que sube corriendo, muy decidida, por la escalera del edificio de* JACOB.

CORTE a NEWT, *que, desesperado, hace un encantamiento reparador. La habitación se arregla y la pared se repara justo a tiempo, antes de que entre* TINA.

ESCENA 35
INT. HABITACIÓN DE JACOB - TARDE

TINA *entra precipitadamente y ve a* NEWT, *que trata de adoptar una expresión serena e inocente, sentado en la cama.* NEWT, *con disimulo, cierra las hebillas de su maleta.*

TINA
¿Estaba abierta?

NEWT
Sólo un pelín.

TINA
¿Ese escarbato ha vuelto a escaparse?

NEWT
Podría ser.

TINA
¡Pues búsquelo! ¡Vamos!

JACOB *gime.*

TINA *suelta la maleta de* JACOB *y va derecha hacia el lesionado* JACOB.

TINA *(preocupada por* JACOB*)*
Le sangra el cuello. Está herido. ¡Despierte! Señor nomaj...

Mientras TINA *está de espaldas,* NEWT *va hacia la puerta. De pronto,* TINA *emite un grito gutural: el murtlap sale correteando de debajo de un armario y se le engancha a un brazo.* NEWT *se da la vuelta, agarra al*

*animal por la cola y, con dificultad, lo mete dentro de
la maleta.*

TINA

¡Mercy Lewis! ¿Qué es eso?

NEWT

No... no es nada. Es un murtlap.

Sin que ninguno de los dos se dé cuenta, JACOB *abre
los ojos.*

TINA

¿Qué más tiene ahí?

JACOB *(reconoce a* NEWT*)*

¿Usted?

NEWT

Hola.

TINA

Tranquilo, señor ah...

JACOB

Kowalski. Jacob.

TINA *le estrecha la mano.*

NEWT *levanta su varita mágica.* JACOB *se encoge, asustado, y se agarra a* TINA, *que se coloca delante de él para
protegerlo.*

TINA

No puede desmemorizarlo. Lo necesitamos como testigo.

NEWT

Lo siento. Me ha estado gritando por todo Nueva York precisamente por no haberlo hecho.

TINA

¡Está herido! No se encuentra bien.

NEWT

Se pondrá bien. La mordedura de un murtlap no es grave.

NEWT *se guarda la varita.* JACOB *vomita en el rincón, mientras* TINA *mira a* NEWT *sin dar crédito a lo que oye.*

NEWT

Reconozco que la reacción es un poco más fuerte de lo normal. Pero si fuera muy grave, tendría...

TINA

¿Qué?

NEWT

El primer síntoma sería que le saldrían llamas del trasero.

JACOB, *aterrorizado, se toca los fondillos del pantalón.*

NEWT

No parece que... Le durará cuarenta y ocho horas como mucho. Puedo quedármelo, si quiere.

TINA

¿Quedárselo? No nos quedamos con ellos. Señor Scamander, ¿sabe usted... algo de la comunidad mágica de Norteamérica?

NEWT

Sí, sé unas cuantas cosas. Sé que tienen unas leyes bastante retrógradas sobre la relación con los no magos. Que no pueden ser sus amigos, ni casarse con ellos, lo cual me parece un tanto absurdo.

JACOB *sigue la conversación, boquiabierto.*

TINA

¿Quién va a casarse con él? Se vienen los dos conmigo.

NEWT

No veo por qué tengo que irme con usted.

TINA *intenta levantar del suelo a* JACOB, *que está semi-inconsciente.*

TINA

Ayúdeme, por favor.

NEWT *se ve obligado a ayudarla.*

JACOB

Estoy soñando, ¿no? Sí. Estoy cansado. No he estado en el banco. Todo esto es una pesadilla, ¿no?

TINA

Para ambos, señor Kowalski.

TINA *y* NEWT *se desaparecen con* JACOB.

LA CÁMARA ENFOCA la fotografía de la abuela de JA-COB, *que vuelve a estar colgada en la pared. Al final, la fotografía tiembla un poco y se cae, y revela un agujero en la pared, donde estaba escondido el escarbato.*

ESCENA 36
EXT. UPPER EAST SIDE - TARDE

*Un niño con una gran piruleta va por la bulliciosa ca-
lle cogido de la mano de su padre. Pasan por delante de
un puesto de fruta, y de pronto una manzana levita y
sigue al niño, flotando a su lado. El niño ve, asombrado,
que algo invisible se come la manzana, y la sonrisa se
borra de sus labios cuando las mismas manos invisi-
bles le arrebatan la piruleta.*

*En un quiosco de periódicos, los ojos de la mujer que
aparece en un póster se abren. Sobre el papel se distingue apenas el contorno de un animal, que de pronto
se desprende del póster. Recorre la calle, de nuevo invisible, localizable tan sólo por la piruleta que sostiene, aparentemente suspendida en el aire. Un perro le
ladra, y la criatura invisible aprieta el paso, derriba*

varios puestos de periódicos y provoca que bicicletas y coches tengan que virar con brusquedad.

PLANO CERRADO del tejado de unos grandes almacenes: vemos una cola delgada y azul que se cuela por la ventanita de una buhardilla. De pronto, el edificio tiembla y se desprenden varias baldosas, porque el animal aumenta de tamaño y acaba ocupando la habitación por completo.

ESCENA 37
INT. SALA DE REDACCIÓN DE LA TORRE SHAW
ANOCHECER

La sede de un imperio de los medios de comunicación, un deslumbrante edificio art decó. Hay muchos periodistas trabajando con ahínco en una oficina central de planta abierta.

Se abre la puerta de un ascensor y LANGDON SHAW atraviesa, entusiasmado, la sala. Detrás de él van los Segundos Salemitas. LANGDON lleva unos mapas, varios libros viejos y un puñado de fotografías.

MARY LOU está serena, CHASTITY parece tímida y MODESTY está ilusionada y curiosa. CREDENCE parece asustado: no le gustan las multitudes.

LANGDON
Y ésta es la redacción.

LANGDON *se da la vuelta, emocionado, ansioso por demostrar a los Segundos Salemitas que aquí tiene autoridad.*

LANGDON
Vamos.

LANGDON *recorre la oficina y habla con algunos empleados.*

LANGDON
Eh. ¿Qué tal? Abrid paso a los Barebone. Ahora están... con el cierre... como lo llaman.

Miradas de regocijo velado de los periodistas mientras LANGDON *guía al grupo por una puerta de doble hoja que hay al fondo de la oficina de planta abierta.* BARKER, *el secretario de* HENRY SHAW, *padre, se levanta aturullado.*

BARKER
Señor Shaw. Señor. Está con el senador.

LANGDON
Me es indiferente, Barker. Quiero ver a mi padre.

LANGDON *lo aparta y pasa.*

ESCENA 38
INT. DESPACHO DE HENRY SHAW EN EL ÁTICO
ANOCHECER

Un despacho enorme e impresionante con vistas espectaculares de la ciudad. El magnate de la prensa, HENRY SHAW, *habla con su hijo mayor, el* SENADOR SHAW.

SENADOR SHAW
Necesitamos eso y más.

La puerta se abre de par en par y aparecen el atribulado BARKER *y el emocionado* LANGDON.

BARKER
Lo siento muchísimo, señor Shaw, pero su hijo ha insistido.

LANGDON
¿Papá? Tienes que oír esto.

LANGDON *va hacia la mesa de su padre y empieza a esparcir fotografías. Reconocemos algunas imágenes: las calles destrozadas del principio de la película.*

LANGDON
Tengo una noticia tremenda.

HENRY SHAW
Tu hermano y yo estamos ocupados, Langdon, trabajando en su campaña. No tenemos tiempo ahora.

MARY LOU, CREDENCE, CHASTITY *y* MODESTY *entran en el despacho.* HENRY SHAW *y el* SENADOR SHAW *los miran, sorprendidos.* CREDENCE *se queda cabizbajo, abochornado y nervioso.*

LANGDON

Ella es Mary Lou Barebone, de la Sociedad para la Preservación de New Salem. Y te trae una gran noticia.

HENRY SHAW

¡No me digas!

LANGDON

Están sucediendo cosas extrañas por toda la ciudad. Los que están detrás no son como tú o como yo. Se trata de brujería. ¿No lo ves?

HENRY SHAW *y el* SENADOR *reaccionan con cierta reserva. Están acostumbrados a los descabellados proyectos e intereses de* LANGDON.

HENRY SHAW

Langdon.

LANGDON

No le interesa el dinero.

HENRY SHAW

Entonces o su noticia no tiene... ningún valor, o miente. Nadie regala nada valioso porque sí, Langdon.

MARY LOU *(segura de sí misma, persuasiva)*

Tiene razón, señor Shaw. Lo que deseamos es «infinitamente» más valioso que el dinero. Es su influencia. Millones de personas leen su periódico y tienen que ser conscientes de este peligro.

LANGDON

Los... disturbios que ha habido... en el metro. Mira las fotos.

HENRY SHAW

Me gustaría que tus amigos y tú os marcharais.

LANGDON

No, no, ah... ¡No te estás enterando! ¡Mira las pruebas!

HENRY SHAW

¿En serio?

SENADOR SHAW *(interviene en la conversación entre su padre y su hermano)*

Langdon, haz caso a papá y vete.
(desvía la mirada y se fija en CREDENCE*)*
Y... llévate a estos bichos raros.

CREDENCE *se crispa perceptiblemente, alterado por la hostilidad que percibe a su alrededor.* MARY LOU *está tranquila, pero decidida.*

LANGDON

Es el despacho de papá, no el tuyo. Ya estoy harto, cada vez que entro, se...

HENRY SHAW *hace callar a su hijo y despide a los* BAREBONE *con un ademán.*

HENRY SHAW

Bueno... Suficiente. Gracias.

MARY LOU *(tranquila, circunspecta)*

Esperamos que lo reconsidere, señor Shaw. No es difícil encontrarnos. Hasta entonces... gracias por su tiempo.

HENRY SHAW *y el* SENADOR SHAW *observan a* MARY LOU, *que se da media vuelta y sale con sus hijos. La sala de*

redacción está en silencio, todos estiran el cuello para oír la discusión.

Al salir, CREDENCE deja caer una octavilla. El SENADOR SHAW se acerca y se agacha para recogerla. Le echa un vistazo a la imagen de unas brujas.

SENADOR SHAW (a CREDENCE)
    ¡Eh, muchacho! Se te ha caído algo.

El SENADOR arruga la octavilla y se la pone en la mano.

SENADOR SHAW
    Ten, bicho raro. Tírala a la basura, que es de donde habéis salido.

MODESTY, detrás de CREDENCE, lo mira con resentimiento. Le coge la mano a CREDENCE con gesto protector.

ESCENA 39
EXT. CALLE DE EDIFICIOS DE PIEDRA ROJIZA
MOMENTOS MÁS TARDE - ANOCHECER

TINA y NEWT, uno a cada lado del maltrecho JACOB, tratan de mantenerlo en pie.

TINA
    A la derecha.

JACOB *sufre varias arcadas. Es evidente que la morde-dura del cuello le está afectando cada vez más.*

Cuando el grupo dobla una esquina, TINA *se apresura a esconderlos detrás de un gran camión de un taller mecánico. Desde allí, inspecciona una casa de la acera de enfrente.*

TINA
    A ver, antes de que entremos: no se me permite llevar a ningún hombre a casa.

NEWT
    En ese caso, el señor Kowalski y yo podemos buscarnos otro alojamiento.

TINA
    De eso nada.

TINA *se apresura a coger a* JACOB *por el brazo y cruza la calle con él, y* NEWT *los sigue diligentemente.*

TINA
    Cuidado, el bordillo.

ESCENA 40
INT. RESIDENCIA DE LAS HERMANAS GOLDSTEIN, ESCALERA - ANOCHECER

NEWT, TINA y JACOB *suben de puntillas por la escalera. Cuando llegan al primer rellano, la* SEÑORA ESPÓSITO, *la casera, grita. El grupo se para en seco.*

SEÑORA ESPÓSITO *(FUERA DE CUADRO)*
    ¿Eres tú, Tina?

TINA
    Sí, señora Espósito.

SEÑORA ESPÓSITO *(FUERA DE CUADRO)*
    ¿Estás sola?

TINA
    Como siempre, señora Espósito.

Pausa.

ESCENA 41
INT. RESIDENCIA DE LAS HERMANAS GOLDSTEIN, SALÓN - ANOCHECER

El grupo entra en el piso de las hermanas Goldstein.

Un piso humilde, pero animado por la magia de las tareas cotidianas. Una plancha está planchando ella

sola en un rincón, y un tendedero plegable gira con torpeza sobre sus patas de madera delante de la chimenea, secando un surtido de ropa interior. Hay varias revistas desperdigadas: La amiga de las brujas, Chismes brujeriles *y* Transfiguración en tiempos modernos.

La rubia QUEENIE, *la muchacha más hermosa que jamás haya vestido una túnica de bruja, está de pie, con una enagua de seda, supervisando los arreglos de un vestido que hay en un maniquí de modista.* JACOB *se queda atónito.*

NEWT *apenas se fija en ella. Impaciente por marcharse cuanto antes, empieza a mirar a hurtadillas por las ventanas.*

QUEENIE
Teenie, has traído hombres a casa.

TINA
Caballeros, ésta es mi hermana. ¿Por qué no te pones algo, Queenie?

QUEENIE *(indiferente)*
¡Oh! Claro.

Pasa su varita por el maniquí, y, mediante magia, el vestido se traslada del maniquí a su cuerpo. JACOB *lo observa, atónito.*

TINA, *fastidiada, empieza a ordenar el piso.*

QUEENIE
¿Y... quiénes son?

TINA
Él es el señor Scamander. Ha cometido una grave infracción del Estatuto Nacional del Secreto.

QUEENIE *(impresionada)*
    ¿Es un delincuente?

TINA
    Ajá. Y él es el señor Kowalski, es un nomaj.

QUEENIE *(intrigada, de repente)*
    ¿Un nomaj? Teen, ¿qué te traes entre manos?

TINA
    Está enfermo. Es una larga historia. El señor Scamander ha perdido algo y voy a ayudarle a encontrarlo.

De pronto, JACOB *se tambalea, sudoroso y mareado.*
QUEENIE *se apresura a atenderlo y* TINA *también le presta atención, preocupada.*

QUEENIE *(mientras* JACOB *se desploma en un sofá)*
    Tiene que sentarse, querido.
    (le lee el pensamiento)
    No ha comido nada en todo el día. Y...
    (le lee el pensamiento)
    ...pobrecillo...
    (le lee el pensamiento)
    No ha conseguido el dinero que quería para su pastelería. ¿Hace pasteles? A mí me encanta cocinar.

Desde la ventana, NEWT *observa a* QUEENIE, *que ahora ha despertado su interés científico.*

NEWT
    Es una legeremante.

QUEENIE
    Sí, pero con ustedes siempre tengo problemas. Británicos. Son tan refinados.

JACOB *(se da cuenta de lo que pasa, horrorizado)*
Usted... Ah... ¿Puede leer... mi mente?

QUEENIE
Oh, no se preocupe, querido. No es el primer hombre que piensa eso cuando me ve por primera vez.
(juguetona, apunta a JACOB *con su varita mágica)*
Ahora... necesita... comer.

NEWT *mira por la ventana y ve pasar volando un billywig. Está nervioso, impaciente por salir de allí y buscar a sus criaturas.*

TINA *y* QUEENIE *trastean en la cocina. De los armarios salen flotando ingredientes que* QUEENIE *encanta para componer una comida: las zanahorias y las manzanas se cortan ellas mismas, la masa se extiende sola y las ollas se remueven.*

QUEENIE *(a* TINA*)*
¿Otro perrito caliente?

TINA
No me leas la mente.

QUEENIE
No es una comida muy saludable, ¿mmm? ¿Pongo esto?

TINA *apunta a los armarios con la varita. Los platos, los cubiertos y los vasos salen volando y se ponen en la mesa con una pequeña ayuda de la varita mágica de* TINA. JACOB, *entre fascinado y aterrorizado, va tambaleándose hacia la mesa.*

PLANO CERRADO de NEWT, *que tiene una mano en el picaporte.*

QUEENIE *(sin malicia)*
Oiga, señor Scamander, ¿prefiere tarta o strudel?

Todos miran a NEWT, *que, avergonzado, levanta la mano del picaporte.*

NEWT
No tengo ninguna preferencia.

TINA *mira fijamente a* NEWT: *desafiante, pero también disgustada y dolida.*

JACOB *ya se ha sentado a la mesa y se cuelga la servilleta del cuello de la camisa.*

QUEENIE *(le lee el pensamiento a* JACOB*)*
Usted prefiere strudel, ¿a que sí, querido?

JACOB *asiente, entusiasmado.* QUEENIE *le devuelve la sonrisa, contenta.*

QUEENIE
Pues strudel.

Con una sacudida de la varita, QUEENIE *hace que las uvas pasas, las manzanas y la masa giren en el aire. Los ingredientes se combinan y forman un pastel cilíndrico que se hornea allí mismo, se decora y se espolvorea con azúcar.* JACOB *inspira hondo: le parece sensacional.*

TINA *enciende unas velas en la mesa. La cena está lista.*

LA CÁMARA ENFOCA el bolsillo de NEWT, *se oye un gritito y* PICKETT *asoma la cabeza, curioso.*

TINA

Vamos, siéntese, señor Scamander, no vamos a envenenarle.

NEWT, *que se ha quedado cerca de la puerta, está embelesado con la situación.* JACOB *lo mira, impaciente, instándolo a sentarse a la mesa.*

ESCENA 42
EXT. BROADWAY - NOCHE

CREDENCE *camina solo entre una multitud de gente mundana que vuelve de cenar o sale del teatro. Hay mucho tráfico. Intenta repartir octavillas, pero los transeúntes lo reciben con suspicacia o un ligero desdén.*

Más allá se alza el edificio Woolworth. CREDENCE *lo mira con cierta nostalgia.* GRAVES *está delante del edificio y observa con atención a* CREDENCE. *Éste lo ve, y la esperanza se refleja por un instante en su rostro. Completamente cautivado,* CREDENCE *cruza la calle y se dirige hacia* GRAVES *sin mirar por donde va, ajeno a todo lo demás.*

ESCENA 43
EXT. CALLEJÓN - NOCHE

CREDENCE *está de pie, con la cabeza agachada, al final de un callejón débilmente iluminado.* GRAVES *se reúne con él, se le acerca mucho y le habla en voz baja, como si conspiraran.*

GRAVES
Estás disgustado. ¿Otra vez tu madre? ¿Te ha dicho alguien algo? ¿Qué te han dicho? Dímelo.

CREDENCE
¿Cree que soy un bicho raro?

GRAVES
No. Creo que eres un chico muy especial. Si no, no te habría pedido que me ayudaras. ¿No crees?

Pausa. GRAVES *le pone una mano en el brazo a* CREDENCE. *Aparentemente, el contacto físico sorprende y fascina a* CREDENCE.

GRAVES
¿Has averiguado algo?

CREDENCE
Sigo buscando.

GRAVES
Hum, hum.

CREDENCE
Señor Graves, si supiera si es chico o chica...

GRAVES
En mi visión he apreciado su inmenso... poder, y no tiene más de diez años. Estaba muy cerca de tu madre, a ella la he visto claramente.

CREDENCE
Po... Podría ser cualquiera entre cientos...

GRAVES *suaviza el tono: sugerente, reconfortante.*

GRAVES
Hay algo más, algo que no te he dicho, te he visto a mi lado en Nueva York. Tú eres el que se gana su confianza. Tú eres la clave, lo he visto. Quieres unirte al mundo mágico. Yo también quiero esas cosas, Credence. Las quiero para ti. Encuentra a esa personita... encuéntrala y todos seremos libres.

ESCENA 44
INT. RESIDENCIA DE LAS HERMANAS GOLDSTEIN, SALÓN - MEDIA HORA MÁS TARDE - NOCHE

La hebilla de la maleta de NEWT *se abre de golpe.* NEWT *estira el brazo y la cierra.*

JACOB *parece un poco recuperado después de haber comido.* QUEENIE *y él se llevan de maravilla.*

QUEENIE
El trabajo no es tan chic. Me paso casi todo el día haciendo café, desatascando el váter. Tina es el cerebrito.
(le lee el pensamiento)
Somos huérfanas, nuestros padres murieron de viruela de dragón cuando éramos pequeñas. ¡Oh!
(le lee el pensamiento)
Es usted un encanto. Pero nos tenemos la una a la otra.

JACOB
¿Puede dejar de leerme la mente un segundo? No me malinterprete. Ah... Me encanta.

QUEENIE *ríe complacida, cautivada por* JACOB.

JACOB
Está... todo exquisito. Me... Y yo me dedico a esto, sé cocinar. Ésta es la mejor comida que he tomado en mi vida.

QUEENIE *(riendo)*
¡Oh! ¡Es tan divertido! Nunca había hablado con un nomaj.

JACOB
Ah, ¿no?

QUEENIE *y* JACOB *se miran a los ojos.* NEWT *y* TINA *están sentados frente a frente, en incómodo silencio ante semejantes muestras de afecto.*

QUEENIE *(a* TINA*)*
No estoy coqueteando.

TINA *(arrepentida)*
Sólo te digo que no te encariñes. Hay que desmemorizarlo.
(a JACOB*)*
No es nada personal.

De pronto, JACOB *vuelve a ponerse pálido y sudoroso, aunque sigue intentando agradar a* QUEENIE.

QUEENIE *(a* JACOB*)*
Oh, vaya, ¿está bien, querido?

NEWT *se levanta bruscamente de la mesa y se queda de pie detrás de su silla, incómodo.*

NEWT
Señorita Goldstein, creo que al señor Kowalski le vendría bien acostarse pronto. Además, usted y yo tenemos que madrugar para encontrar mi escarbato, así que...

QUEENIE *(a* TINA*)*
¿Qué es un escarbato?

TINA *parece enojada.*

TINA
No preguntes.
(va hacia una habitación del fondo)
Vengan, pueden dormir aquí.

ESCENA 45
INT. RESIDENCIA DE LAS HERMANAS GOLDSTEIN, DORMITORIO - NOCHE

Los chicos están bien arropados en sendas camas individuales. NEWT *está empeñado en permanecer tumbado de costado, mientras que* JACOB *está sentado en la cama, tratando de descifrar un libro de magia.*

TINA, *con un pijama azul estampado, llama a la puerta con vacilación y entra con unas tazas de chocolate caliente en una bandeja. Las tazas se remueven ellas solas.* JACOB *vuelve a quedar cautivado.*

TINA
He... pensado que les apetecería tomar algo caliente.

TINA, *con cuidado, le da una taza a* JACOB. NEWT *sigue de costado, fingiendo dormir, así que* TINA, *un poco brusca, le deja la taza en la mesilla de noche.*

JACOB
¡Vaya!
(a NEWT, *tratando de atraerse su simpatía)*
Eh, señor Scamander, mire, un chocolate.

NEWT *no se mueve.*

TINA *(enojada)*
El baño está al final del pasillo a la derecha.

JACOB
Gracias. Muchas gracias.

Cuando TINA *sale por la puerta,* JACOB *ve brevemente a* QUEENIE *en la otra habitación, con una bata mucho menos recatada.*

JACOB
  ¡Ah!

En cuanto se cierra la puerta, NEWT *se levanta, con el abrigo todavía puesto, y deposita su maleta en el suelo. Para gran sorpresa de* JACOB, NEWT *abre la maleta, se mete dentro y desaparece por completo.*

JACOB *da un gritito de alarma.*

La mano de NEWT *asoma por la maleta e, imperiosamente, hace señas a* JACOB *para que se acerque.* JACOB *se queda mirando la maleta, respirando agitadamente mientras trata de asimilar la situación.*

La mano de NEWT, *impaciente, vuelve a aparecer.*

NEWT *(FUERA DE CUADRO)*
  Vamos.

JACOB *se sobrepone, sale de la cama y se mete en la maleta de* NEWT. *Sin embargo, se queda atascado a la altura de la cintura y tiene que empujar y apretar, y hace botar la maleta.*

JACOB
  Por el amor de...

Tras darse un último impulso, de pronto JACOB *desaparece por la maleta, que se cierra de golpe.*

ESCENA 46
INT. MALETA DE NEWT
AL CABO DE UN MOMENTO - NOCHE

JACOB *se cae por las escaleras de la maleta, y por el camino choca con varios objetos, instrumentos y botellas.*

Se encuentra dentro de una pequeña cabaña de madera que contiene una cama plegable, prendas de explorador y diversas herramientas colgadas de las paredes. También hay armarios de madera con cuerdas, redes y tarros de recogida de muestras. Encima de una mesa hay una máquina de escribir muy vieja, un montón de manuscritos y un bestiario medieval. En un estante hay tiestos con plantas. Hileras de píldoras y tabletas, jeringuillas y ampollas forman un botiquín, y clavados en las paredes hay notas, mapas, dibujos y unas cuantas fotografías animadas de criaturas extraordinarias.

De un gancho cuelga una carcasa seca. Apoyados contra una pared hay varios sacos de pienso.

NEWT *(lanza una mirada a* JACOB*)*
    Por favor, siéntese.

JACOB *se deja caer encima de un cajón de embalaje etiquetado a mano:* «PIENSO PARA MOONCALFS.»

JACOB
    Buena idea.

NEWT *se acerca a* JACOB *y le examina la mordedura del cuello con una ojeada.*

NEWT
    Definitivamente ha sido un murtlap. Debe de ser especialmente sensible. Usted es un muggle, así que nuestras fisiologías son ligeramente diferentes. Muy bien.

NEWT *se afana en su zona de trabajo. Utiliza plantas y el contenido de diversas botellas para componer una cataplasma que rápidamente aplica en el cuello de* JACOB.

JACOB
    Aaaay...

NEWT
    Quédese quieto. Esto hará que deje de sudar.
    (le da unas píldoras)
    Y con esta pastilla dejará de molestarle la herida.

JACOB *examina con recelo las píldoras que tiene en la mano. Al final decide que no tiene nada que perder y se las traga.*

PLANO CERRADO de NEWT, *que se ha quitado el chaleco, se ha desanudado la pajarita y se ha bajado los tirantes. Coge una cuchilla de carnicero, corta unos trozos de carne de una gran carcasa y los echa dentro de un cubo.*

NEWT *(le acerca el cubo)*
Tenga. Tome esto.

JACOB *pone cara de asco.* NEWT *no se da cuenta, porque tiene toda la atención puesta en el capullo con púas que exprime lentamente. El capullo desprende un veneno luminoso que* NEWT *recoge en una ampolla de cristal.*

NEWT *(al capullo)*
Vamos.

JACOB
¿Qué es eso?

NEWT
Bueno, lo llaman... mal acechador. El nombre no es que suene muy amistoso. Es bastante ágil.

Para demostrárselo, NEWT *le da un capirotazo al capullo, que se desenreda y queda colgando con elegancia de su dedo.*

NEWT
He estado estudiándolo... y estoy seguro de que su veneno podría ser muy útil, convenientemente diluido. Para eliminar los malos recuerdos.

De pronto, NEWT *le lanza el mal acechador a* JACOB. *El animal (semejante a un murciélago, puntiagudo y de vivos colores) sale de su capullo y da un alarido muy cerca de la cara de* JACOB, *y entonces* NEWT *lo recupera.*

JACOB *se aparta, asustado, pero es evidente que se trataba de una bromita de* NEWT...

NEWT *(sonríe para sí)*
Quizá no debería dejarlo suelto por aquí.

NEWT *abre la puerta de su cabaña y sale por ella.*

NEWT
Vamos.

JACOB, *totalmente perplejo, sale afuera con él.*

ESCENA 47
INT. MALETA DE NEWT, ZONA DE ANIMALES - DÍA

El contorno de la maleta de cuero todavía se distingue, pero el espacio se ha ampliado hasta alcanzar el tamaño de un pequeño hangar. Contiene algo parecido a una reserva de animales en miniatura. Cada una de las criaturas de NEWT *tiene su propio hábitat perfecto, creado por medio de la magia.*

JACOB, *completamente atónito, entra en ese mundo.*

NEWT *se encuentra en el hábitat más cercano, un trozo de desierto de Arizona. En esa área está* FRANK, *un magnífico thunderbird: un animal semejante a un albatros, enorme, con unas alas espléndidas cuyo brillo recuerda al sol cuando se filtra entre las nubes. Tiene*

una pata en carne viva y ensangrentada: es evidente que ha estado encadenado. FRANK *bate las alas, y en su hábitat cae una lluvia torrencial, con rayos y truenos.* NEWT *utiliza su varita para hacer aparecer un paraguas mágico que lo protege de la lluvia.*

NEWT *(mira a* FRANK, *que está en lo alto)*
Vamos. Baja. Vamos.

Poco a poco, FRANK *se tranquiliza, desciende y se posa en una gran roca delante de* NEWT. *La lluvia cesa y la sustituye un sol intenso.*

NEWT *guarda su varita y se saca un puñado de larvas del bolsillo.* FRANK *lo observa con atención.*

NEWT *acaricia cariñosamente a* FRANK *con la mano libre y lo tranquiliza.*

NEWT
Gracias a Paracelso. Si hubieras escapado, habría sido una catástrofe.
(a JACOB*)*
Él es la razón por la que he venido a Norteamérica. Para traer a Frank a casa.

JACOB, *que sigue boquiabierto, avanza despacio.* FRANK *empieza a batir las alas, nervioso.*

NEWT *(a* JACOB*)*
Espere, no, quédese ahí. Es un pelín receloso con los desconocidos.
(a FRANK, *calmándolo)*
Tranquilo, tranquilo.
(a JACOB*)*
Han traficado con él. Lo encontré en Egipto. Estaba encadenado. No podía dejarlo allí. Tenía que llevármelo.

Voy a devolverte al lugar al que perteneces, ¿verdad, Frank? Al desierto de Arizona.

NEWT, *lleno de optimismo y esperanza, abraza la cabeza de* FRANK. *Entonces, sonriente, lanza el puñado de larvas hacia arriba.* FRANK *vuela majestuosamente tras ellas, y sus alas desprenden rayos de sol.*

NEWT *lo ve volar, henchido de orgullo y amor. Se da la vuelta, hace bocina con las manos y lanza un rugido animal hacia otra zona de la maleta.*

NEWT *pasa al lado de* JACOB *y coge el cubo de la carne.* JACOB *lo sigue tambaleándose mientras varias doxys zumban alrededor de su cabeza.* JACOB, *aturdido, las ahuyenta a manotazos. Detrás de él, un gran escarabajo pelotero empuja una gigantesca bola de estiércol.*

Oímos a NEWT *lanzar otro fuerte rugido.* JACOB *se apresura hacia el sonido y encuentra a* NEWT *en un territorio arenoso iluminado por la luna.*

NEWT *(sotto voce)*
Ahí vienen.

JACOB
¿Quiénes vienen?

NEWT
Los graphorns.

Aparece un animal de gran tamaño y se abalanza hacia ellos: un graphorn, una especie de tigre diente de sable, pero con unos tentáculos viscosos en la boca. JACOB *chilla e intenta retroceder, pero* NEWT *lo coge por el brazo y se lo impide.*

NEWT
Tranquilo, tranquilo.

El graphorn se acerca más a NEWT.

NEWT *(acaricia al graphorn)*
Hola, hola.

El graphorn apoya sus extraños tentáculos viscosos en el hombro de NEWT, *como si lo abrazara.*

NEWT
Es la última pareja de cría que existe. Así que, de no haberlos rescatado, habría sido el fin de los graphorns para siempre.

Otro graphorn más joven va trotando hasta JACOB *y empieza a lamerle una mano mientras, curioso, da vueltas a su alrededor.* JACOB *lo mira, y entonces, con suavidad, tiende una mano y le acaricia la cabeza.* NEWT *observa a* JACOB, *complacido.*

NEWT
Muy bien.

NEWT *lanza un trozo de carne dentro del recinto, y el joven graphorn lo atrapa rápidamente y se lo zampa.*

JACOB
¿O sea que... rescata a estas criaturas?

NEWT
Sí, así es, las rescato, alimento y protejo. Intentando poco a poco concienciar a mis colegas magos sobre ellas.

Un pájaro diminuto de color rosa intenso, el fwooper, pasa volando y se posa en una pequeña percha que flota en el aire.

NEWT *sube unos escalones.*

NEWT *(a* JACOB*)*
    Vamos.

Entran en un bosque de bambú, se agachan y esquivan los árboles. NEWT *grita.*

NEWT
    ¡Titus, Finn, Poppy, Marlow, Tom!

Salen a un claro iluminado por el sol, y NEWT *se saca a* PICKETT *del bolsillo y lo sostiene posado en una mano.*

NEWT *(a* JACOB*)*
    Estaba resfriado. Necesitaba un poco de calor corporal.

JACOB
    ¡Vaya! ¡Oh!

Van hacia un arbolito iluminado por los rayos del sol. Al verlos acercarse, un clan de bowtruckles empieza a repiquetear y sale veloz de entre las hojas.

NEWT *estira un brazo hacia el árbol y trata de convencer a* PICKETT *para que se una a los otros. Los bowtruckles repiquetean ruidosos al ver a* PICKETT*.*

NEWT
    Venga, arriba.

PICKETT *se niega categóricamente a dejar el brazo de* NEWT.

NEWT *(a* JACOB*)*
Tiene trastornos de dependencia.
(a PICKETT*)*
Venga, vamos, Pickett. Pickett. No, no van a meterse contigo, venga. Pickett.

PICKETT *se agarra con sus patas largas y flacas a un dedo de* NEWT, *y se niega a volver al árbol. Al final,* NEWT *desiste.*

NEWT
Está bien. No me extraña que luego me acusen de favoritismo.

NEWT *se coloca a* PICKETT *en el hombro y se da la vuelta. Ve un nido grande, redondo y vacío y pone cara de preocupación.*

NEWT
Oh, no, Dougal se ha escapado.

Oímos unos gorjeos provenientes de un nido cercano.

NEWT
Muy bien, voy. Ya voy. Mamá ya está aquí. Ya está aquí.

NEWT *mete una mano en el nido y saca una cría de occamy.*

NEWT
Hola. Deja que te vea.

JACOB
A éstos los conozco.

NEWT
> Su occamy.

JACOB
> ¿Cómo que mi occamy?

NEWT
> Sí, ¿quiere...?

NEWT *le ofrece el occamy a* JACOB.

JACOB
> ¡Oh! Bueno, sí, claro. Muy bien. Eh.

JACOB *sostiene la cría en las manos con suavidad y la mira fijamente. Cuando va a acariciarle la cabeza, el occamy intenta morderlo.* JACOB *se aparta.*

NEWT
> Oh, lo siento, no lo acaricie. Aprenden muy pronto a defenderse. El cascarón es de plata, así que tiene un gran valor.

NEWT *da de comer a las otras crías que hay en el nido.*

JACOB
> De acuerdo.

NEWT
> Los cazadores suelen saquear sus nidos.

NEWT, *contento con el interés de* JACOB *por sus criaturas, vuelve a coger la cría de occamy y la pone en el nido.*

JACOB

> Gracias.
> *(con voz ronca)*
> ¿Señor Scamander?

NEWT

> Oh, llámeme Newt.

JACOB

> Newt. No creo que esté soñando.

NEWT *(con cierta ironía)*

> ¿Cómo lo sabe?

JACOB

> No soy tan listo como para inventarme esto.

NEWT *mira a* JACOB, *ambos intrigados y halagados.*

NEWT

> ¿Le importaría... echarles de comer a esos mooncalfs?

JACOB

> Claro que no.

JACOB *se agacha y coge el cubo de pienso.*

NEWT

> Están ahí...

NEWT *coge una carretilla y se adentra un poco más en la maleta.*

NEWT *(con fastidio)*

> Vaya por Dios. El escarbato se ha escapado. Cómo no, pequeño granuja. Con tal de echarle el guante a algo brillante...

Mientras JACOB *camina por el interior de la maleta, vemos una especie de «hojas» doradas que caen de un arbolito y van en masa hacia la cámara. Ascienden formando un enjambre y se mezclan con las doxys, las luciérnagas y los grindylows que flotan por el aire.*

PANORÁMICA hacia arriba que revela otro animal espléndido, el nundu: es casi exactamente como un león, tiene una gran melena que se eriza cuando la bestia ruge. Está subido a una gran roca, muy orgulloso, rugiéndole a la luna. NEWT *esparce comida a sus pies y sigue adelante con paso decidido.*

Un diricawl (un pájaro pequeño y rechoncho) camina balanceándose en PRIMER PLANO, seguido por sus polluelos, que no paran de aparecerse, mientras JACOB *trepa por un empinado terraplén cubierto de hierba.*

JACOB *(para sí)*
¿Qué has hecho hoy, Jacob? Me he metido dentro de una maleta.

Ya arriba, JACOB *ve una gran pared rocosa bañada por la luz de la luna y habitada por pequeños mooncalfs: tímidos, con grandes ojos que ocupan su cara casi por completo.*

JACOB
Eh, hola, ¿qué tal? Bueno, bueno, tranquilos.

Los mooncalfs bajan saltando y brincando por las rocas hacia JACOB, *que de pronto se ve rodeado de caras amistosas e ilusionadas.*

JACOB
Tranquilos.

Les lanza bolitas de pienso, y los mooncalfs, entusias-
mados, dan saltitos. No cabe duda de que JACOB *ya se*
encuentra mejor: esto le está gustando...

PLANO CERRADO de NEWT, *que sostiene contra el pecho*
un animal luminiscente del que brotan unos zarcillos
de aspecto alienígena. Da de comer al animal con
un biberón, mientras observa atentamente cómo JACOB
maneja a los mooncalfs y reconoce un espíritu similar
al suyo.

JACOB *(que sigue alimentando a los mooncalfs)*
    Qué ricos. Esperad.

Se oye, cerca, una especie de grito glacial. Pero NEWT *ya*
no está. JACOB *se da la vuelta y ve una cortina que se*
infla, se abre y revela, detrás, un paisaje nevado.

Seguimos adelante, hacia una pequeña masa negra y
oleaginosa que está suspendida en el aire: un obscurus.
JACOB, *intrigado, se acerca al paisaje nevado para verlo*
mejor. La masa sigue arremolinándose y emite una
energía revuelta e inquieta. JACOB *estira un brazo para*
tocarla.

NEWT *(FUERA DE CUADRO, con ímpetu)*
    ¡Atrás!

JACOB *da un respingo.*

JACOB
    ¡Dios!

NEWT
    ¡Atrás!

JACOB
     ¿Qué es esto?

NEWT
     He dicho atrás.

JACOB
     Pero... ¿qué demonios es?

NEWT
     Es un obscurus.

JACOB *mira a* NEWT, *que por un momento se queda absorto en algún pensamiento perturbador.* NEWT *se da la vuelta bruscamente y echa a andar hacia la cabaña. De pronto, su actitud es más fría, más pragmática. No parece que tenga ganas de seguir jugueteando dentro de la maleta.*

NEWT
     Tengo que irme y encontrar a los que se han escapado antes de que les hagan daño.

Entran los dos en otro bosque. NEWT *sigue adelante, concentrado en su misión.*

JACOB
     ¿Les hagan daño?

NEWT
     Sí, señor Kowalski. Ahora mismo están en territorio hostil, rodeados de millones de las criaturas más despiadadas del planeta.
     (pausa)
     Los humanos.

NEWT *se detiene una vez más y se queda mirando un extenso recinto de sabana donde no hay animales.*

NEWT
  ¿Dónde cree usted que una criatura de tamaño medio... a la que le gustan las grandes llanuras, los árboles y las pozas...? ¿Adón... adónde cree que podría ir?

JACOB
  ¿En Nueva York?

NEWT
  Sí.

JACOB
  ¿Llanuras?

JACOB *se encoge de hombros y cavila.*

JACOB
  Central Park.

NEWT
  ¿Y dónde está eso exactamente?

JACOB
  ¿Que dónde está Central Park?

Pausa.

JACOB
  Bueno, yo le llevaría, pero ¿no cree que sería una jugarreta? Nos ofrecen cobijo, nos hacen un chocolate...

NEWT
  ¿No se da cuenta de que, en cuanto vean que ha dejado de sudar, le desmemorizarán?

JACOB

¿Qué es desmemorizar?

NEWT

Se despertará y no recordará nada mágico.

JACOB

Ah... ¿No recordaré nada de esto?

Mira alrededor. Todo lo que ve, ese mundo, le parece extraordinario.

NEWT

No.

JACOB

Está bien, de acuerdo, le... le ayudaré.

NEWT *(coge un cubo)*

Pues vamos.

ESCENA 48
EXT. / INT. CALLE DELANTE DE LA IGLESIA
DEL SEGUNDO SALEM - NOCHE

CREDENCE *va andando hacia la iglesia, que es también su casa. Parece más contento que antes: su encuentro con* GRAVES *lo ha tranquilizado.*

CREDENCE *entra despacio en la iglesia y cierra la puerta de doble hoja con cuidado.*

CHASTITY *está en la cocina, secando la vajilla.*

MARY LOU *está sentada en la escalera, en penumbra.* CREDENCE *la ve y se detiene, la expresión de su rostro denota temor.*

MARY LOU
Credence, ¿dónde estabas?

CREDENCE
Buscando un sitio para la reunión de mañana. Hay una esquina en la Treinta y dos que... podría...

CREDENCE *va hasta el pie de la escalera y se queda callado ante la expresión severa de* MARY LOU.

CREDENCE
Lo siento, mamá. No sabía que era tan tarde.

CREDENCE, *como si tuviera puesto un piloto automático, se quita el cinturón.* MARY LOU *se levanta, extiende la mano y coge el cinturón. Se da la vuelta sin decir nada y sube por la escalera, y* CREDENCE *la sigue, obediente.*

MODESTY *va hasta el pie de la escalera y los ve marchar, y el miedo y la preocupación se reflejan en su cara.*

ESCENA 49
EXT. CENTRAL PARK - NOCHE

Un gran estanque helado en medio de Central Park. Niños patinando sobre hielo. Un niño se cae. Una niña va a ayudarlo y se dan la mano.

Cuando están a punto de levantarse, se ve una luz bajo el hielo. Resuena un fuerte estruendo. Los niños se quedan mirando, atónitos, una bestia reluciente que se desliza bajo el hielo, justo por donde están ellos, y luego se aleja.

ESCENA 50
EXT. DISTRITO DE LOS DIAMANTES - NOCHE

NEWT *y* JACOB *van andando por otra calle desierta, camino de Central Park. Las tiendas por las que pasan están llenas de joyas carísimas, diamantes y piedras preciosas.* NEWT, *que lleva su maleta, escudriña los rincones oscuros por si detecta algún movimiento.*

NEWT
  Lo he observado en la cena.

JACOB
  ¿Y?

NEWT
  Usted cae bien, ¿no, señor Kowalski?

JACOB *(sorprendido)*
  Bueno, me imagino que usted también, ¿no?

NEWT *(no muy preocupado)*
  No, la verdad es que no. Yo incomodo.

JACOB *(no sabe qué contestar)*
Ah.

NEWT *parece sumamente intrigado.*

NEWT
¿Por qué quiere ser pastelero?

JACOB
Porque... me... estoy enterrando en vida... en esa fábrica de conservas.
(ante la mirada de NEWT*)*
Yo y todos. Acaba... con el más pintado. ¿Le gustan las conservas?

NEWT
No.

JACOB
Ya. A mí tampoco... por eso quiero hacer repostería. Hace feliz a la gente. Es por aquí.

JACOB *tuerce hacia la derecha.* NEWT *lo sigue.*

NEWT
¿Y ha conseguido el préstamo?

JACOB
No. No tengo aval. Y, al parecer, he estado mucho tiempo en el Ejército. Yo qué sé.

NEWT
¿Luchó en la guerra?

JACOB
Pues claro que luché en la guerra. Como todos. ¿Usted no luchó en la guerra?

NEWT
Yo lidié con dragones. Ironbellys ucranianos, frente oriental.

NEWT *se para en seco. Ha visto un pendiente pequeño y brillante encima del capó de un coche. Mira hacia abajo: hay diamantes esparcidos por la acera, y el rastro lleva hasta el escaparate de una tienda de diamantes.*

NEWT *sigue el rastro con sigilo, pasa agachado por delante de varios escaparates. Se fija en algo y de pronto se detiene. Retrocede de puntillas, muy despacio.*

El escarbato está plantado en un escaparate. Para esconderse, imita la forma de un expositor de joyas, con los bracitos estirados, cubierto de diamantes.

NEWT *lo observa, pasmado. El escarbato nota que* NEWT *está mirándolo y se da la vuelta poco a poco. Se miran.*

Pausa.

De pronto, el escarbato se escabulle y va hacia el interior de la tienda huyendo de NEWT. *Éste agita su varita mágica.*

NEWT
¡Finestra!

El cristal del escaparate se rompe y NEWT *entra de un salto. Aparta cajones y vitrinas, desesperado por encontrar al animal.* JACOB, *perplejo, mira calle abajo y vuelve a concentrarse en* NEWT, *que, desde fuera, da la impresión de estar saqueando la joyería.*

Aparece el escarbato y trepa por los hombros de NEWT *para situarse a mayor altura y evitar que lo alcance.*

NEWT *se sube de un salto a una mesa, intenta perseguirlo, pero el escarbato se ha colgado de una lámpara de araña.*

NEWT *estira un brazo y tropieza, y el escarbato y él cuelgan ahora de la lámpara, que se balancea y gira sin parar.*

JACOB, *en la calle, mira alrededor, nervioso, para ver si alguien más está oyendo el estrépito proveniente de la tienda.*

Al final, la lámpara de araña cae al suelo y se hace añicos. El escarbato se levanta inmediatamente y trepa por las vitrinas llenas de joyas. NEWT *se lanza tras él.*

Se abre un cierre de la maleta de NEWT, *y del interior sale un rugido.* JACOB *mira hacia abajo, asustado.*

El escarbato y NEWT *siguen persiguiéndose, y al final se suben a una vitrina, que no soporta su peso. La vitrina, con ellos dos encima, se cae y queda apoyada en el cristal de un escaparate.* NEWT *y el escarbato permanecen muy quietos...*

JACOB *inspira hondo y, despacio, avanza para cerrar la hebilla de la maleta.*

De pronto, aparece una grieta en el cristal del escaparate. NEWT *observa cómo la grieta se extiende por todo el cristal, hasta que estalla y los fragmentos se desparraman por la acera.* NEWT *y el escarbato se estrellan contra el suelo.*

El escarbato se queda quieto sólo un instante y luego echa a correr por la calle. NEWT *se recompone rápidamente y saca la varita.*

NEWT
    ¡Accio!

A CÁMARA LENTA, el escarbato se desliza hacia atrás por el aire, hacia donde está NEWT. *Mientras vuela, mira de reojo el escaparate más espectacular que se haya visto jamás. Abre mucho los ojos. De la bolsa de su barriga van cayendo joyas mientras él continúa volando hacia* NEWT *y* JACOB, *que se lanzan en plancha a por el animal.*

Al pasar al lado de una farola, el escarbato estira un brazo, se agarra al poste, gira y sigue volando, desviándose de la trayectoria en la que lo tenía atrapado NEWT *y dirigiéndose al precioso escaparate.* NEWT *hechiza el escaparate y lo convierte en una gelatina pegajosa donde el escarbato queda atrapado, por fin.*

NEWT *(al escarbato)*
    Muy bien, ¿contento?

NEWT, *cubierto de joyas, saca el escarbato del escaparate.*

Oímos sirenas de policía a lo lejos.

NEWT
    Uno a la maleta. Faltan dos.

Los coches de policía se acercan a toda velocidad.

Una vez más, NEWT *sacude al escarbato para que caigan todos los diamantes que lleva en la bolsa.*

Los coches de policía se detienen y empiezan a salir AGENTES *que apuntan con sus armas a* NEWT *y a* JACOB.

Éste, también cubierto de joyas, levanta ambas manos en actitud de rendición.

JACOB
Se han ido por allí, agente.

AGENTE 1
¡Manos arriba!

El escarbato, que NEWT *se ha metido dentro del abrigo, asoma un morro minúsculo y da un gritito.*

AGENTE 2
¿Qué es eso?

JACOB *(casi sin habla)*
Un... león.

Pausa, y entonces, todos a la vez, los policías desvían la mirada y las armas hacia el otro lado de la calle.

Atónito, NEWT *mira también hacia allí... Un león avanza tan campante hacia ellos.*

NEWT *(tranquilo)*
Vaya. Nueva York es sumamente más interesante de lo que imaginaba.

Antes de que los policías vuelvan a mirarlos, NEWT *agarra a* JACOB *y los dos se desaparecen.*

ESCENA 51
EXT. CENTRAL PARK - NOCHE

NEWT y JACOB *caminan deprisa por el parque helado.*

Cruzan un puente, y casi los derriba un avestruz que pasa a su lado a toda velocidad, como si temiera por su vida.

Se oye un fuerte retumbar a lo lejos.

NEWT *se saca un casco protector del bolsillo y se lo da a* JACOB.

NEWT
   Póngase esto.

JACOB
   ¿Por qué iba a tener que ponerme algo así?

NEWT
   Porque su cráneo es susceptible de rotura bajo una fuerza inmensa.

NEWT *sigue corriendo. Absolutamente aterrado,* JACOB *se pone el casco y echa a correr detrás de él.*

ESCENA 52
EXT. RESIDENCIA DE LAS HERMANAS GOLDSTEIN
NOCHE

TINA y QUEENIE *se asoman por la ventana de su dormitorio y escudriñan la calle oscura. Otro rugido atronador resuena en la noche invernal. Se abren más ventanas y varios vecinos contemplan, adormilados, la ciudad.*

ESCENA 53
INT. RESIDENCIA DE LAS HERMANAS GOLDSTEIN
NOCHE

TINA y QUEENIE *irrumpen en el dormitorio donde se supone que están durmiendo* NEWT y JACOB. *No hay ni rastro de ninguno de los dos. Furiosa,* TINA *va corriendo a vestirse.* QUEENIE *parece disgustada.*

QUEENIE
Si les hemos hecho un chocolate...

ESCENA 54
EXT. ZOO DE CENTRAL PARK - NOCHE

NEWT *y* JACOB *corren hacia el zoo, que está medio vacío y cuyos muros exteriores están destrozados por varios sitios. Junto a la entrada hay una montaña de escombros.*

Otro rugido atronador resuena alrededor del edificio de ladrillo. NEWT *saca un chaleco protector.*

NEWT
Está bien, tome, póngase esto.

NEWT *se coloca detrás de* JACOB *y le abrocha el chaleco.*

JACOB
Muy bien.

NEWT
No tiene absolutamente nada de que preocuparse.

JACOB
Por curiosidad, ¿alguien le cree... cuando dice eso?

NEWT
Bueno, mi filosofía es que preocuparse es sufrir dos veces.

JACOB *digiere las «sabias palabras» de* NEWT.

NEWT *coge su maleta y* JACOB *lo sigue, dando traspiés entre cascotes y escombros.*

Se detienen en la entrada del zoo. Del interior sale un potente resoplido.

NEWT
Está en celo. Necesita aparearse.

PLANO CERRADO de la hembra de erumpent, una bestia enorme, corpulenta, parecida a un rinoceronte, con un gran cuerno en la frente. Está frotándose contra el cercado de un hipopótamo aterrorizado al que supera cinco veces en tamaño.

NEWT *saca un frasquito de líquido, retira el tapón con los dientes y lo escupe a un lado, y luego se pone una gota de líquido en cada muñeca.* JACOB *lo mira, le llega un olor acre.*

NEWT
Almizcle de erumpent. La vuelve loca.

NEWT *le pasa el frasco abierto a* JACOB *y se adentra en el zoo.*

ELIPSIS:

NEWT *deja su maleta en el suelo, cerca del erumpent, y la abre despacio, persuasivamente.*

Empieza a realizar un «ritual de cortejo» (una serie de gruñidos, contoneos, bamboleos y gemidos) para llamar la atención del erumpent.

Al final, el erumpent se aparta del hipopótamo: NEWT *ha despertado su interés. Se colocan frente a frente, se rodean el uno al otro, trazan extrañas ondulaciones. La actitud del erumpent recuerda a un cachorro, y su cuerno adquiere un resplandor anaranjado.*

NEWT *rueda por el suelo. El erumpent lo imita y se acerca cada vez más a la maleta, que sigue abierta.*

NEWT
    Así me gusta. Vamos. A la maleta.

JACOB *olfatea el almizcle de erumpent. Justo entonces, un pez pasa volando y lo golpea, provocando que derrame el almizcle.*

Cambia el viento. Las hojas de los árboles susurran. El erumpent inspira hondo: le llega un aroma nuevo y más intenso que proviene de JACOB.

JACOB *mira alrededor. Detrás de él hay una foca que lo observa un instante con cara de culpabilidad y luego se escabulle descaradamente.*

Cuando JACOB *se da la vuelta, ve que el erumpent se ha levantado sobre las patas traseras y lo mira fijamente.*

PLANO CERRADO de NEWT *y* JACOB, *que se dan cuenta de lo que está a punto de ocurrir.*

VOLVEMOS A LA ESCENA:

El erumpent se abalanza hacia el origen del olor, bramando enloquecido. JACOB *lloriquea y corre tan aprisa como puede en la dirección contraria. El erumpent va tras él: pasan entre escombros y por estanques congelados, y se dirigen hacia el jardín cubierto de nieve.*

NEWT *saca su varita mágica...*

NEWT
    ¡Repar...!

Antes de que haya terminado de pronunciar el conjuro, un babuino le arrebata la varita y la sujeta con fuerza, como si fuera un premio.

NEWT
    ¡Por las barbas de Merlín!

PLANO CERRADO de JACOB, *que va a toda prisa, con el erumpent pisándole los talones.*

PLANO CERRADO de NEWT, *cara a cara con el babuino curioso, que examina su varita.*

NEWT *parte una ramita de un árbol y la sostiene en alto, tratando de persuadir al babuino para hacer un trueque.*

NEWT
    Exactamente lo mismo. Lo mismo.

VOLVEMOS A JACOB:

Al intentar trepar a un árbol, JACOB *ha acabado colgado del revés de una rama, precariamente.*

JACOB *(chilla, aterrorizado)*
  ¡Newt!

JACOB *tiene el erumpent debajo. El animal está tumbado boca arriba y agita las piernas en el aire, incitándolo.*

PLANO CERRADO de NEWT: *el babuino agita su varita mágica.*

NEWT
  ¡No, no, no!

NEWT *pone cara de preocupación.* BUM. *La varita «estalla», y el hechizo tira al babuino hacia atrás. La varita vuelve volando a la mano de* NEWT.

NEWT
  Lo siento.

PLANO CERRADO de JACOB. *El erumpent se ha levantado. Carga contra el árbol y le clava el cuerno en el tronco. En el tronco del árbol empiezan a formarse unas burbujas de líquido reluciente, hasta que explota y cae hecho pedazos.*

JACOB *sale despedido, baja rodando por una cuesta nevada y va a parar al lago helado.*

El erumpent corre tras él, llega al hielo y derrapa. NEWT *también baja la cuesta a toda velocidad y llega al lago. Realiza un deslizamiento muy atlético, con la maleta abierta. El erumpent está a sólo unos palmos de* JACOB *cuando la maleta lo engulle.*

NEWT
    Me quito el sombrero, señor Kowalski.

JACOB *le tiende la mano para darle un apretón.*

JACOB
    Llámeme Jacob.

Se estrechan la mano.

PLANO SUBJETIVO de un tercero: alguien los observa cuando NEWT *ayuda a* JACOB *a levantarse y se deslizan tan aprisa como pueden, juntos, por el lago helado.*

NEWT
    Bueno, dos a la maleta, falta uno.

LA CÁMARA SE MANTIENE en TINA*, que está escondida en el puente, observándolos.*

NEWT *(FUERA DE CUADRO, a* JACOB*)*
    Adentro.

Vemos la maleta en el suelo, sola, debajo del puente.

TINA *aparece de repente y se apresura a sentarse encima de la maleta. Cierra las hebillas. Parece abrumada, pero no vacila.*

PRESENTADOR *(V.O.)*
    Damas y caballeros...

ESCENA 55
INT. AYUNTAMIENTO - NOCHE

Un gran salón decorado profusamente, con abundantes emblemas patrióticos. Cientos de personas vestidas con elegancia, sentadas a unas mesas redondas, miran hacia la tarima que hay al fondo. Sobre la tarima cuelga un gran póster del SENADOR SHAW *con un eslogan que reza «El futuro de Estados Unidos».*

Un PRESENTADOR *habla por el micrófono.*

PRESENTADOR
   ...esta noche, el orador principal no necesita presentación. Se dice de él que podría ser el futuro presidente. Y si no me creen, lean los periódicos de su padre.

Risas indulgentes de la concurrencia. Vemos a HENRY SHAW *y a* LANGDON *sentados a una mesa, rodeados de la flor y nata de la sociedad de Nueva York.*

PRESENTADOR
   Damas y caballeros... el «senador» de Nueva York, Henry Shaw.

Aplauso apoteósico. El SENADOR SHAW *se dirige, ágil, a la tarima. Por el camino agradece los vítores, señala a los conocidos a los que distingue entre el público y les dedica guiños. Sube los escalones.*

SENADOR SHAW
   Gracias. Gracias. Gracias.

ESCENA 56
EXT. CALLE OSCURA - NOCHE

Algo recorre las calles a toda velocidad, algo demasiado grande y demasiado rápido para ser humano. Gruñe y respira de manera extraña, con dificultad. Es inhumano, bestial.

ESCENA 57
EXT. CALLE CERCA DEL AYUNTAMIENTO - NOCHE

TINA *camina a buen ritmo, con la maleta en la mano. Las farolas empiezan a apagarse a su alrededor. Se detiene, nota que algo pasa de largo en la oscuridad. Vuelve la cabeza y mira fijamente, asustada.*

ESCENA 58
INT. AYUNTAMIENTO - NOCHE

SENADOR SHAW
    Y es verdad. Hemos hecho progresos. Pero sólo el trabajo... tiene recompensa. Tras el cierre de los innobles clubes... nocturnos...

Un ruido extraño e inquietante sale de los tubos del órgano que hay al fondo de la sala. Todos vuelven la cabeza, y el SENADOR *hace una pausa.*

SENADOR SHAW
...ahora son las salas de billar y salones privados...
y...

El extraño ruido se oye cada vez más fuerte.

Los invitados se vuelven otra vez para mirar. El SENA-
DOR *parece nervioso. La gente murmura.*

*De pronto, algo explota debajo del órgano y sale impul-
sado hacia delante. Algo enorme y bestial, aunque invisible, desciende sobre el salón. Las mesas saltan por los
aires, la gente se cae al suelo, las bombillas estallan y la
gente grita cuando la cosa va derecha hacia la tarima.*

El SENADOR SHAW *se ve empujado hacia atrás contra su
propio póster y levantado del suelo. Queda suspendido
un momento en el aire, antes de caer bruscamente y
estrellarse contra el suelo. Está muerto.*

La «bestia» destroza el póster del SENADOR *(cuchilladas
frenéticas acompañadas de una respiración agitada y
ruidosa) y luego vuelve a salir por donde había entrado.*

*Gritos de ansiedad y pánico de la concurrencia mien-
tras* HENRY SHAW *se abre paso entre los escombros hasta
el cuerpo malherido y ensangrentado de su hijo.*

PLANO CERRADO del cadáver del SENADOR SHAW, *con
unas marcas espeluznantes en la cara.* HENRY SHAW,
desconsolado, se agacha junto a su hijo.

PLANO CERRADO de LANGDON, *que se ha levantado, un
poco borracho. Resuelto, quizá triunfante.*

LANGDON
¡Brujas!

ESCENA 59
INT. VESTÍBULO DEL MACUSA - NOCHE

La cámara muestra la esfera gigantesca que indica el «NIVEL DE AMENAZA DE EXPOSICIÓN MÁGICA». La manecilla pasa de «GRAVE» a «EMERGENCIA».

TINA, *con la maleta en la mano, sube a toda prisa los escalones del vestíbulo y pasa al lado de corrillos de magos y brujas que susurran con nerviosismo.*

HEINRICH EBERSTADT *(V.O.)*
    Y nuestros amigos norteamericanos han permitido una infracción del Estatuto del Secreto...

ESCENA 60
INT. SALA DEL PENTÁCULO - NOCHE

Una sala impresionante que asemeja una cámara parlamentaria antigua. Todos los asientos están ocupados por magos de todos los países del mundo. MADAM PICQUERY *preside la reunión, y* GRAVES *está a su lado.*

Habla el delegado de Suiza.

HEINRICH EBERSTADT
...que amenaza con exponernos a todos.

MADAM PICQUERY
No aceptaré sermones de alguien que dejó escapar a Gellert Grindelwald.

Un holograma del cadáver del SENADOR SHAW *flota en lo alto de la sala, emitiendo un resplandor.*

Todos vuelven la cabeza cuando TINA *entra precipitadamente.*

TINA
Señora presidenta, siento interrumpir, pero es de suma...

Silencio resonante. TINA *patina por el suelo de mármol y se detiene, y entonces se da cuenta de qué es lo que acaba de interrumpir. Los delegados la miran de hito en hito.*

MADAM PICQUERY
Espero que tenga una excelente excusa para esta intromisión, señorita Goldstein.

TINA
Sí, la tengo.
(avanza un poco para dirigirse a ella)
Señora... ayer un mago llegó a Nueva York con una maleta, esta maleta, llena de criaturas mágicas. Y, por desgracia, algunas se han escapado.

MADAM PICQUERY
¿Llegó ayer? ¿Sabe desde hace veinticuatro horas... que un mago no registrado... ha soltado a bestias mágicas por Nueva York y sólo nos lo dice cuando un hombre ha sido asesinado?

TINA
¿Quién ha sido asesinado?

MADAM PICQUERY
¿Dónde está ese hombre?

TINA *deja la maleta en el suelo, plana, y da unos golpecitos en la tapa. Al cabo de un par de segundos, la maleta se abre y de dentro salen primero* NEWT *y luego* JACOB, *avergonzados y cohibidos.*

EMISARIO BRITÁNICO
¿Scamander?

NEWT *(cierra la maleta)*
Hola, señor ministro.

MOMOLU WOTORSON
¿Theseus Scamander? ¿El héroe de guerra?

EMISARIO BRITÁNICO

No, éste es su hermano pequeño. ¿Y qué hace en Nueva York?

NEWT

He venido a comprar un puffskein appaloosa, señor.

EMISARIO BRITÁNICO *(con desconfianza)*
Sí, claro. ¿Qué hace realmente aquí?

MADAM PICQUERY *(a* TINA, *refiriéndose a* JACOB*)*
Goldstein, ¿quién es él?

TINA

Es Jacob Kowalski, señora presidenta. Un nomaj que ha sido mordido por una de las criaturas del señor Scamander.

Los funcionarios del MACUSA *y los dignatarios se enfurecen.*

MINISTROS *(susurros)*
¿Un nomaj? ¿Y no lo han desmemorizado?

NEWT *está absorto en la imagen del cadáver del* SENADOR SHAW *que flota en lo alto de la sala.*

NEWT

¡Por las barbas de Merlín!

MADAM YA ZHOU

¿Sabe cuál de sus criaturas es la responsable... señor Scamander?

NEWT

Esto... no lo ha hecho ninguna criatura. No finjan. Han de saber quién ha sido. Miren las marcas.

PLANO CERRADO de la cara del SENADOR SHAW.

PLANO CERRADO de NEWT.

NEWT
Es obra de un obscurus.

Consternación, murmullos y exclamaciones generalizados. GRAVES *permanece alerta.*

MADAM PICQUERY
Ha ido demasiado lejos, señor Scamander. No hay ningún obscurial en Norteamérica. Incáutese de esa maleta, Graves.

GRAVES *hace un encantamiento convocador y la maleta se desplaza hasta él.* NEWT *saca su varita mágica.*

NEWT *(a* GRAVES*)*
Esperen, no. Devuélvamela.

MADAM PICQUERY
Deténganles.

Una ráfaga de hechizos golpea a NEWT, TINA *y* JACOB, *y los tres caen de rodillas. La varita de* NEWT *se desprende de su mano y va a parar a la de* GRAVES.

GRAVES *se levanta y recoge la maleta.*

NEWT *(inmovilizado mediante magia)*
No hagan daño a esas criaturas. Por favor. No lo entienden. No hay nada peligroso ahí dentro. Nada.

MADAM PICQUERY
Eso nosotros lo juzgaremos.

(a los aurores que se han colocado de pie detrás de ellos)
Llévenles a las celdas.

PLANO CERRADO de GRAVES, *que observa a* TINA *mientras se los llevan a ella,* NEWT *y* JACOB.

NEWT *(gritando, desesperado)*
No hagan daño a esas criaturas. No hay nada peligroso ahí dentro. ¡No hagan daño a mis criaturas! ¡No son peligrosas! ¡Por favor, no son peligrosas! ¡No son peligrosas!

ESCENA 61
INT. CELDA DEL MACUSA - DÍA

NEWT, TINA *y* JACOB *sentados.* NEWT *con la cabeza entre las manos, angustiado por la suerte de sus criaturas. Al final,* TINA, *a punto de llorar, interrumpe el silencio.*

TINA
Siento mucho lo de sus criaturas, señor Scamander. De verdad.

NEWT *guarda silencio.*

JACOB *(sotto voce, a* TINA*)*
¿Puede decirme alguien qué es eso del obscurial u obscurius, por favor?

TINA *(también sotto voce)*
Hace siglos que no existe ninguno.

NEWT
Yo me encontré con uno en Sudán hace tres meses. Antes había muchos más, pero siguen existiendo. Fue antes de que los magos pasáramos a la clandestinidad, cuando aún nos perseguían los muggles. Los jóvenes magos y brujas a veces intentaban reprimir su magia para evitar ser perseguidos. Así que en lugar de aprovechar o controlar sus poderes, crearon... lo que se llamó un obscurus.

TINA *(ante la confusión de* JACOB*)*
Es una fuerza oscura incontrolable e inestable, que aparece de repente y ataca, y luego se desvanece.

Mientras habla, vemos que de pronto lo entiende. Un obscurus encaja perfectamente con lo que ella sabe del perpetrador de los ataques de Nueva York.

TINA *(a* NEWT*)*
Los obscurials no viven mucho tiempo, ¿no?

NEWT
No hay ningún caso documentado de un obscurial que haya superado los diez años de vida. La que conocí en África tenía ocho años... Tenía ocho años cuando murió.

JACOB
¿Qué...? ¿Está insinuando que... al senador Shaw lo ha matado... un niño?

La mirada de NEWT *es un «sí».*

ESCENA 62
INT. IGLESIA DEL SEGUNDO SALEM,
SALÓN PRINCIPAL - DÍA

MODESTY *se acerca a la mesa alargada en la que un gran número de niños huérfanos comen con avidez.*

MODESTY *(sigue con su cántico)*
  Mi mamá tu mamá a una bruja van a atrapar.
  Mi mamá tu mamá pueden volar.
  Mi mamá tu mamá, las brujas no lloran.

MODESTY *recoge de la mesa varias octavillas de los niños.*

MODESTY
  Bruja número uno, en el río se ahoga.
  Bruja número dos, le doy una soga.
  Bruja número tres, la veré envuelta en llamas.

ELIPSIS:

Los niños, que han terminado de comer, se levantan de la mesa, recogen sus octavillas y van hacia la puerta.

CHASTITY *(a los niños)*
  Repartid las octavillas. Si las tiráis, lo sabré. Avisadme si veis algo sospechoso.

PLANO DETALLE de CREDENCE*: está lavando los platos, pero observa atentamente a los niños.*

MODESTY *sale de la iglesia detrás del último niño.*

ESCENA 63
EXT. CALLE, DELANTE DE LA IGLESIA
DEL SEGUNDO SALEM - DÍA

MODESTY *está plantada en medio de la bulliciosa calle. Lanza las octavillas hacia arriba y, jubilosa, las ve caer a su alrededor.*

ESCENA 64
INT. CELDA / PASILLO DEL MACUSA - DÍA

Dos mujeres con bata blanca se llevan a NEWT *y a* TINA, *que van atados con grilletes, a un sótano oscuro, lejos de la celda. Son las* VERDUGAS.

NEWT *mira hacia atrás.*

NEWT *(por encima del hombro)*
　　Me alegro de haberle conocido, Jacob. Y espero que abra su pastelería.

PLANO CERRADO de JACOB, *que se ha quedado solo, asustado, y se agarra a los barrotes de la celda. Apenado, se despide de* NEWT *con la mano.*

ESCENA 65
INT. SALA DE INTERROGATORIOS - DÍA

Una estancia pequeña, con pocos muebles, con las paredes negras y sin ventanas.

GRAVES *está sentado enfrente de* NEWT, *ante una mesa, con una carpeta abierta delante.* NEWT *entrecierra los ojos, deslumbrado por una luz intensa que le da en la cara.*

TINA *está de pie detrás de él, flanqueada por las dos* VERDUGAS.

GRAVES
Es usted un hombre interesante, señor Scamander.

TINA *(da un paso adelante)*
Señor Graves.

GRAVES *se lleva un dedo a los labios para ordenar a* TINA *que guarde silencio. Es un gesto indulgente pero autoritario.* TINA *se doblega ante él: obedece y retrocede hacia la zona en sombras.*

GRAVES *examina el expediente que tiene delante.*

GRAVES
Lo expulsaron de Hogwarts por poner en peligro una vida humana.

NEWT
Fue un accidente.

GRAVES
Con una bestia. Y aun así, uno de sus profesores se opuso firmemente a su expulsión. Dígame, ¿por qué Albus Dumbledore lo aprecia tanto?

NEWT
No podría decírselo.

GRAVES
Y soltar a un montón de criaturas peligrosas aquí ha sido otro accidente. ¿Correcto?

NEWT
¿Por qué iba a hacerlo deliberadamente?

GRAVES

Para exponer al mundo mágico. Para provocar la guerra entre el mundo mágico y el no mágico.

NEWT

Una masacre por el bien común.

GRAVES

Sí. Así es.

NEWT

No soy uno de los fanáticos de Grindelwald... señor Graves.

Un sutil cambio de expresión nos indica que NEWT *ha dado en el blanco.* GRAVES *adopta un gesto más amenazador.*

GRAVES

Me pregunto qué me puede decir de esto, señor Scamander.

Con un movimiento lento de la mano, GRAVES *saca el obscurus de la maleta de* NEWT. *Lo pone encima de la mesa. El obscurus late, se arremolina y sisea.*

PLANO DETALLE de TINA *con los ojos como platos, atónita.*

GRAVES *alarga una mano hacia el obscurus: está absolutamente fascinado. Al percibir su proximidad, el obscurus se retuerce más deprisa, borbotea y se encoge, alejándose un poco.*

NEWT *se vuelve instintivamente hacia* TINA. *Sin saber muy bien por qué, es a ella a quien quiere convencer.*

NEWT

Es un obscurus.

(ante la mirada de TINA*)*

Pero no es lo que cree. Logré separarlo de la niña sudanesa al intentar salvarla. Quería llevármelo a casa para estudiarlo.

(ante la conmoción de TINA*)*

Pero no puede sobrevivir fuera de ahí, no podría hacer daño a nadie, Tina.

GRAVES

Entonces es inservible sin el huésped.

NEWT

¿Inservible? ¿Inservible? Es una... fuerza mágica parásita que ha matado a una niña. ¿Para qué querría que sirviera?

NEWT, *con la rabia ya desatada, mira fijamente a* GRAVES. TINA, *reaccionando a la atmósfera que se ha creado, también mira a* GRAVES, *y en su cara se reflejan la preocupación y el temor.*

GRAVES *no se inmuta. Hace caso omiso de las preguntas de* NEWT *y centra de nuevo la conversación en él para acusarlo.*

GRAVES

¿A quién pretende engañar, señor Scamander? Ha traído a este obscurus a Nueva York con el propósito de causar una gran conmoción, infringir el Estatuto del Secreto y dejar al descubierto al mundo mágico.

NEWT

Sabe que no puede hacer daño a nadie. Lo sabe.

GRAVES
Por lo tanto, es culpable de haber traicionado a sus colegas magos y es condenado a muerte. La señorita Goldstein, por ayudarlo y ser cómplice...

NEWT
No, no ha hecho nada parecido.

GRAVES
Recibe la misma condena.

Las dos VERDUGAS *se adelantan. Con serenidad, sin miramientos, hincan la punta de sus varitas en el cuello de* NEWT *y de* TINA, *respectivamente.*

TINA *está tan conmocionada y asustada que ni siquiera puede hablar.*

GRAVES *(a las* VERDUGAS*)*
Háganlo inmediatamente. Informaré a la presidenta Picquery.

NEWT
Tina.

GRAVES *vuelve a llevarse un dedo a los labios.*

GRAVES
Chissst.
(hace una señal a las VERDUGAS*)*
Por favor.

ESCENA 66
INT. SALA DE REUNIONES DEL SÓTANO
DESTARTALADO - DÍA

QUEENIE *lleva una bandeja con una cafetera y unas tazas a la sala de reuniones.*

De pronto se para en seco, con los ojos como platos y gesto de terror. Suelta la bandeja, y las tazas se hacen añicos al caer al suelo.

Varios funcionarios de rango bajo del MACUSA *se vuelven y la observan.* QUEENIE *se queda mirándolos un instante, atónita, y echa a correr por el pasillo.*

ESCENA 67
INT. PASILLO QUE CONDUCE A LA CELDA
DE LA MUERTE - DÍA

Un pasillo largo, negro y metálico conduce a una celda completamente blanca, donde hay una silla suspendida mediante magia sobre la superficie ondulante de un tanque cuadrado, lleno de poción.

Las VERDUGAS *obligan a* NEWT *y a* TINA *a entrar en la celda. Un vigilante custodia la puerta.*

TINA *(a la* VERDUGA 1*)*
 No lo hagas, Bernadette. Por favor.

VERDUGA 1
No duele.

Llevan a TINA *hasta el borde del tanque. Presa del pánico, respira entrecortadamente.*

La sonriente VERDUGA 1 *alza su varita y, con cuidado, extrae los recuerdos felices de la cabeza de* TINA. *Ella se calma al instante y adopta una expresión ausente, vacía.*

La VERDUGA 1 *echa los recuerdos al tanque de poción, cuya superficie se riza y cobra vida cuando aparecen en ella escenas de la vida de* TINA.

Una joven TINA *sonríe al oír que su madre la llama.*

MADRE DE TINA *(V.O.)*
Tina. Tina. Vamos, hija, a la cama. ¿Estás lista?

TINA
¿Mamá?

La MADRE DE TINA *aparece en el tanque, con gesto tierno y cariñoso. La* TINA *real mira hacia abajo y sonríe.*

VERDUGA 1
¿No le apetece?

TINA *asiente con expresión ausente.*

ESCENA 68
INT. VESTÍBULO DEL MACUSA - DÍA

QUEENIE *está de pie en el abarrotado vestíbulo. Se oyen las puertas del ascensor.*

PLANO CERRADO de las puertas del ascensor, que se abren y revelan a JACOB, *escoltado por* SAM, *el desmemorizador.*

QUEENIE *va hacia ellos, decidida.*

QUEENIE
Hola, Sam.

SAM
Hola, Queenie.

QUEENIE
Te necesitan abajo. Yo lo desmemorizaré.

SAM
Tú no estás autorizada.

QUEENIE, *resuelta, le lee el pensamiento.*

QUEENIE
Oye, Sam. ¿Sabe Cecily que te has estado viendo con Ruby?

PLANO CERRADO de RUBY, *una bruja del* MACUSA *que está de pie un poco más allá.* RUBY *sonríe a* SAM.

PLANO CERRADO de QUEENIE *y* SAM. *Él parece muy turbado.*

SAM *(consternado)*
¿Cómo te...?

QUEENIE
Déjame que lo desmemorice y no se lo contaré.

Aturdido, SAM *se aparta.* QUEENIE *agarra a* JACOB *por el brazo y se lo lleva por el amplio y tenebroso vestíbulo.*

JACOB
¿Pero qué hace?

QUEENIE
Tina está en apuros.
(le lee el pensamiento a TINA*)*
Jacob, ¿dónde está la maleta de Newt?

JACOB
Creo que ese tal Graves se la ha llevado.

QUEENIE
De acuerdo. Vamos.

JACOB
¿Cómo, no me va a desmemorizar?

QUEENIE
Claro que no. Ahora es de los nuestros.

QUEENIE *se lo lleva a toda prisa hacia la escalera principal.*

ESCENA 69
INT. CELDA DE LA MUERTE - DÍA

TINA *está sentada en la silla de ejecución. Mira hacia abajo, donde se arremolinan imágenes felices de su familia, sus padres y de una joven* QUEENIE.

RECUERDO:

Nos acercamos al tanque y seguimos uno de los recuerdos de TINA: TINA *entra en la iglesia del Segundo Salem y sube por una escalera. Encuentra a* MARY LOU, *que está de pie junto a* CREDENCE *y tiene un cinturón en la mano.* CREDENCE *parece aterrorizado. Furiosa,* TINA *lanza un hechizo que golpea a* MARY LOU. TINA *se acerca a* CREDENCE *y lo consuela.*

TINA
Tranquilo.

PLANO CERRADO de la TINA *real, que sigue contemplando la superficie del tanque y sonríe con añoranza.*

PLANO CERRADO de NEWT, *que rápidamente se mira el brazo.* PICKETT *avanza, ágil y silencioso, hasta los grilletes que* NEWT *lleva en las muñecas.*

ESCENA 70
INT. PASILLO QUE CONDUCE AL DESPACHO
DE GRAVES - DÍA

PLANO CERRADO de la puerta del despacho de GRAVES.

QUEENIE *(FUERA DE CUADRO)*
  ¡Alohomora!

Vemos a QUEENIE *y a* JACOB *de pie, impacientes, delante del despacho de* GRAVES, *mientras ella intenta por todos los medios abrir la puerta.*

QUEENIE
  ¡Aberto!

La puerta sigue cerrada con llave.

QUEENIE *(frustrada)*
  Tendrá algún hechizo para cerrar su despacho.

ESCENA 71
INT. CELDA DE LA MUERTE - DÍA

PICKETT *termina de abrir los grilletes que* NEWT *lleva en las muñecas y se sube ágilmente a la bata de la* VERDUGA 2.

VERDUGA 2 *(a* NEWT*)*
  Muy bien, saquémosle lo bueno.

La VERDUGA 2 *levanta la varita y se la pone en la frente a* NEWT. *Éste no se lo piensa dos veces: se aparta dando un salto hacia atrás, saca el mal acechador y lo lanza hacia el tanque de poción. A continuación, se vuelve muy rápido y, de un puñetazo, deja inconsciente al vigilante.*

El mal acechador se ha expandido y se ha convertido en un gigantesco, espeluznante pero extrañamente hermoso reptil con aspecto de mariposa, con alas escuálidas. Sigue sobrevolando el tanque, describiendo círculos.

PICKETT *muerde en el brazo a la* VERDUGA 2, *que se distrae, y* NEWT *aprovecha la ocasión para agarrarla por los brazos y apuntar con la varita de la* VERDUGA 2. *La varita lanza un hechizo que impacta en la* VERDUGA 1, *que cae al suelo, y su varita va a parar al tanque. El líquido asciende formando burbujas negras y viscosas y engulle la varita al instante.*

A consecuencia de ello, los recuerdos de TINA *pasan de buenos a malos: vemos a* MARY LOU *señalando con hostilidad a* TINA.

MARY LOU
    ¡Bruja!

TINA, *todavía cautivada por el tanque de poción, está cada vez más aterrada. Su silla desciende y se acerca más al líquido.*

El mal acechador cruza la celda y tira a la VERDUGA 2 *al suelo.*

ESCENA 72
INT. PASILLO QUE CONDUCE AL DESPACHO
DE GRAVES - DÍA

JACOB *echa una ojeada alrededor y le da una fuerte patada a la puerta. Ésta se abre.* JACOB *monta guardia mientras* QUEENIE *entra corriendo y coge la maleta de* NEWT *y la varita de* TINA.

ESCENA 73
INT. CELDA DE LA MUERTE - DÍA

TINA *sale de su ensimismamiento y grita.*

TINA
¡Señor Scamander!

El líquido se ha convertido en una poción letal, negra y burbujeante. Se alza y rodea a TINA, *que está sentada en la silla.* TINA *se levanta con la intención de huir, y está a punto de caerse. Intenta desesperadamente recobrar el equilibrio.*

NEWT
No se ponga nerviosa.

TINA
¿Se le ocurre algo mejor?

NEWT *hace un extraño chasquido con la lengua y ordena al mal acechador que dé otra vuelta alrededor del tanque.*

NEWT
 ¡Salte!

TINA *mira al mal acechador, horrorizada e incrédula.*

TINA
 ¿Está loco?

NEWT
 Salte sobre él.

NEWT *se coloca al borde del tanque y observa al mal acechador, que da vueltas y vueltas alrededor de* TINA.

NEWT
 Tina, escúcheme. La cogeré. Tina.

Los dos se miran fijamente, NEWT *trata de convencerla...*

El líquido levanta olas cada vez más altas. TINA *apenas puede ver a* NEWT.

NEWT *(insistente, muy tranquilo)*
 La cogeré. Tranquila, Tina.

De pronto, NEWT *grita.*

NEWT
 ¡Vamos!

TINA *salta en el intervalo entre dos olas, justo en el momento en que pasa el mal acechador. Cae boca arriba,*

a sólo unos centímetros del líquido que se arremolina, y rápidamente salta y se lanza a los brazos abiertos de NEWT.

Durante una milésima de segundo, NEWT *y* TINA *se miran a los ojos, y entonces* NEWT *levanta su varita y llama al mal acechador, que vuelve a plegarse formando un capullo.*

NEWT *coge a* TINA *de la mano y va con ella hacia la salida.*

NEWT
    ¡Vamos!

ESCENA 74
INT. PASILLO DE LA CELDA DE LA MUERTE - DÍA

QUEENIE *y* JACOB *avanzan con decisión por el pasillo.*

Se oye una alarma a lo lejos. Otros magos pasan presurosos a su lado, en la dirección opuesta.

ESCENA 75
INT. VESTÍBULO DEL MACUSA - UNOS MINUTOS MÁS TARDE - DÍA

Suena la alarma por el vestíbulo.

Reina la confusión entre la gente. Unos forman corrillos y hablan, nerviosos, mientras otros corretean, angustiados y asustados.

Un grupo de aurores cruzan el vestíbulo y van derechos hacia la escalera que conduce al sótano.

ESCENA 76
INT. PASILLO DE LA CELDA DE LA MUERTE / PASILLO DEL SÓTANO - DÍA

NEWT *y* TINA, *cogidos de la mano, corren por los pasillos del sótano. De pronto, se les encara un grupo de aurores.* NEWT *y* TINA *dan media vuelta y se apresuran a refugiarse detrás de unas columnas, donde esquivan por los pelos las maldiciones y los hechizos de los aurores.*

NEWT *vuelve a lanzar el mal acechador, que se arremolina en lo alto, vuela entre las columnas, desvía maldiciones y tira a aurores al suelo.*

PLANO CERRADO del mal acechador, que introduce su probóscide en la oreja de un auror.

NEWT *(chasquea la lengua)*
Espere. No te comas más los sesos. Vamos. ¡Vamos!

TINA *y* NEWT *siguen corriendo, el mal acechador vuela tras ellos y continúa repeliendo maldiciones.*

TINA
¿Qué es eso?

NEWT
Un mal acechador.

TINA
Es adorable.

PLANO CERRADO de QUEENIE *y* JACOB, *que caminan con brío por el sótano.* NEWT *y* TINA *doblan una esquina a toda velocidad y están a punto de chocar con ellos. Se miran los cuatro, el pánico se refleja en sus caras.*

Al final, QUEENIE *señala la maleta.*

QUEENIE
Adentro.

ESCENA 77
INT. ESCALERA QUE CONDUCE A LAS CELDAS
MOMENTOS MÁS TARDE - DÍA

GRAVES *baja la escalera a toda prisa. Por primera vez, vemos el pánico reflejado en su cara.*

ESCENA 78
INT. VESTÍBULO DEL MACUSA
MINUTOS MÁS TARDE - DÍA

QUEENIE *avanza rápidamente por el vestíbulo, tratando de no llamar la atención por sus prisas, pero consciente de que necesita salir de allí.* ABERNATHY, *aturullado, sale de entre un grupo de magos.*

ABERNATHY
   ¡Queenie!

QUEENIE, *que sólo ha bajado unos peldaños de la escalera, se da la vuelta y se recompone.* ABERNATHY *va hacia ella arreglándose la corbata, tratando de parecer sereno y autoritario. Es evidente que* QUEENIE *lo pone nervioso.*

ABERNATHY *(con una gran sonrisa)*
   ¿Adónde va?

QUEENIE, *con fingida y seductora inocencia, sujeta la maleta detrás de la espalda.*

QUEENIE
Ah... Estoy enferma, señor Abernathy.

QUEENIE *tose un poco y abre mucho los ojos.*

ABERNATHY
¿Otra vez? ¿Qué lleva ahí?

Pausa.

QUEENIE *piensa y enseguida compone una sonrisa adorable.*

QUEENIE
Cosas de chicas.

QUEENIE *le enseña la maleta y, como si nada, sube unos escalones hacia* ABERNATHY.

QUEENIE
¿Quiere que se las enseñe? Yo encantada.

ABERNATHY *está muy abochornado.*

ABERNATHY *(traga saliva)*
Oh, válgame Dios. No... Ah... Que se mejore.

QUEENIE *(sonríe con dulzura y le arregla el nudo de la corbata)*
Gracias.

QUEENIE *se da la vuelta de inmediato y baja por la escalera, y* ABERNATHY *se queda mirándola con el corazón acelerado.*

ESCENA 79
EXT. CALLES DE NUEVA YORK - ÚLTIMA HORA
DE LA TARDE

PLANO CENITAL de Nueva York. ZOOM sobre los tejados antes de descender por calles y callejones, entre coches que pasan a gran velocidad y niños que ríen a carcajadas.

Nos detenemos en un callejón que hay junto a la iglesia del Segundo Salem, donde CREDENCE *está pegando carteles que anuncian la próxima reunión de* MARY LOU.

GRAVES *se aparece en el callejón.* CREDENCE *se asusta y retrocede, pero* GRAVES *va derecho hacia él con actitud apremiante y enérgica.*

GRAVES
    Credence, ¿has encontrado al niño?

CREDENCE
No puedo.

GRAVES, *impaciente pero fingiendo serenidad, extiende una mano. De pronto se muestra comprensivo y cariñoso.*

GRAVES
Enséñame.

CREDENCE *lloriquea y se encoge de miedo, casi se aparta de él.* GRAVES *le coge la mano con dulzura y se la examina. La mano está llena de cortes rojos y profundos, en carne viva y sangrantes.*

GRAVES
Hijo, cuanto antes encontremos a ese niño, antes podrás relegar tu dolor al pasado, que es donde debe estar.

Con mucha dulzura, casi con sensualidad, GRAVES *pasa el pulgar por encima de los cortes, que se curan al instante.* CREDENCE *está atónito.*

GRAVES *parece tomar una decisión. Adopta una expresión seria y digna de confianza y se saca del bolsillo una cadena de la que cuelga el símbolo de las Reliquias de la Muerte.*

GRAVES
Quiero que tengas esto, Credence. A muy pocos se lo confiaría.

GRAVES *se acerca más a* CREDENCE *y le cuelga la cadena del cuello mientras susurra.*

GRAVES
A muy pocos.

GRAVES *pone las manos a ambos lados del cuello de* CREDENCE *y lo atrae hacia sí mientras habla en voz baja, en un tono íntimo.*

GRAVES
Pero tú... Tú eres diferente.

CREDENCE *vacila, asustado y al mismo tiempo atraído por el comportamiento de* GRAVES.

GRAVES *le pone una mano sobre el corazón a* CREDENCE, *tapando el colgante.*

GRAVES
Y cuando encuentres a ese niño, toca este símbolo y lo sabré. E iré a tu encuentro.

GRAVES *se acerca aún más a* CREDENCE, *y su cara queda a pocos centímetros del cuello del muchacho (una actitud a la vez seductora y amenazadora) mientras le susurra.*

GRAVES
Hazlo y te ganarás el respeto de los magos para siempre.

GRAVES *abraza a* CREDENCE, *pero sin soltarle el cuello, por lo que el abrazo parece más controlador que afectuoso.* CREDENCE, *abrumado por el supuesto cariño, cierra los ojos y se relaja un poco.*

GRAVES *retrocede despacio y le acaricia el cuello a* CREDENCE. *Éste sigue con los ojos cerrados, deseando que el contacto físico no se interrumpa.*

GRAVES *(susurra)*
El niño se muere, Credence. El tiempo se agota.

De pronto, GRAVES *se aleja a grandes zancadas por el callejón y se desaparece.*

ESCENA 80
EXT. AZOTEA CON PALOMAS - ANOCHECER

Una azotea con vistas a toda la ciudad. En medio hay una caseta de madera que contiene un palomar.

NEWT *sube a una cornisa y se queda allí de pie, contemplando la gran ciudad.* PICKETT, *posado en su hombro, emite un repiqueteo.*

JACOB *está dentro de la caseta, examinando el palomar, cuando entra* QUEENIE.

QUEENIE
    ¿Su abuelo tenía palomas? El mío criaba búhos. Me encantaba darles de comer.

PLANO CERRADO de NEWT *y* TINA. TINA *ha subido a la cornisa, donde está* NEWT.

TINA
    Graves siempre ha insistido en que los disturbios eran obra de una bestia. Tenemos que recuperar a todas sus criaturas para que no pueda seguir usándolas de chivo expiatorio.

NEWT
Todavía queda uno. Dougal, mi demiguise.

TINA
¿Dougal?

NEWT
Hay un problemilla... Que es invisible.

TINA *(es tan ridículo que no puede evitar una sonrisa)*
¿Invisible?

NEWT
Sí, la mayor parte del tiempo se...

TINA
¿Cómo se coge algo...?

NEWT *(esboza una sonrisa)*
Con suma dificultad...

TINA
¡Oh!

Se sonríen: hay una nueva cordialidad entre ellos. NEWT
*todavía se muestra un poco torpe, pero por alguna razón
no puede dejar de contemplar a* TINA, *que sonríe.*

TINA *se acerca despacio a* NEWT.

Pausa.

TINA
Gnarlak.

NEWT *(sorprendido)*
¿Cómo dice?

TINA *(con complicidad, emocionada)*
Gnarlak. Era un informador mío cuando yo era auror. Comerciaba con criaturas mágicas en su tiempo libre.

NEWT
No le interesarían las... huellas de animales, ¿no?

TINA
Le interesa todo lo que pueda vender.

ESCENA 81
EXT. EL CERDO CIEGO - NOCHE

TINA *guía al grupo por un callejón insalubre, lleno de cubos de basura, cajas y objetos desechados. Encuentra unos escalones que conducen a un apartamento del sótano y les hace señas para que bajen.*

Aparentemente no hay salida: la puerta está tapiada, y en su lugar hay un póster de una muchacha con vestido de noche que se mira en un espejo y sonríe tontamente.

TINA *y* QUEENIE *se colocan delante del póster. Se miran y levantan sus varitas a la vez. Al instante, su ropa informal se transforma en unos bonitos vestidos de fiesta,*

muy a la moda de los años veinte. TINA *mira a* NEWT, *un tanto tímida con su nuevo atuendo.* QUEENIE *le lanza una mirada a* JACOB *y sonríe con picardía.*

TINA *se acerca al póster y, despacio, levanta la varita. De inmediato, la muchacha mira hacia arriba, atenta a los movimientos de* TINA. *Ésta da cuatro golpes en la puerta, despacio.*

NEWT *se da cuenta de que no está a la altura y se apresura a ponerse una pequeña pajarita por medio de magia.* JACOB *lo mira con envidia.*

Se abre una trampilla: los ojos de la muchacha del póster desaparecen y dejan paso a la mirada de un receloso vigilante.

ESCENA 82
INT. EL CERDO CIEGO - NOCHE

*Un bar clandestino, sórdido, de techos bajos, frecuentado por la escoria de la comunidad mágica de Nueva York. Todos los magos y brujas criminales de la ciudad están aquí, y sus carteles de «*SE BUSCA*» cuelgan con orgullo en las paredes. Vemos fugazmente un cartel que reza «GELLERT GRINDELWALD: SE BUSCA POR MÚLTIPLES ASESINATOS DE NOMAJS EN EUROPA».*

Una atractiva duende, CANTANTE DE JAZZ, *actúa en un escenario, acompañada de otros duendes músicos, y*

*unas imágenes vaporosas se desprenden de su varita
y van ilustrando la letra de la canción. Todo está des-
lucido y destartalado, y la atmósfera es de diversión e
ilegalidad.*

CANTANTE DE JAZZ
    El fénix ha llorado sin consuelo
    porque el dragón con su chica ha emprendido el vuelo.
    Y el billywig no girará de nuevo
    porque su amor se ha ido de su lado.
    El unicornio sin cuerno se ha quedado
    y el hipogrifo se siente abandonado
    porque su amada ha huido a nado,
    o eso es, al menos, lo que me han contado...

JACOB *está frente a la barra, desatendida, esperando a
que le sirvan.*

JACOB
    ¿Qué hay que hacer para que te den de beber?

*De pronto, una botella estrecha, llena de un líquido ma-
rrón, va volando hasta él.* JACOB *la atrapa, sorprendido.*

La cabeza de un ELFO DOMÉSTICO *se asoma por detrás
de la barra y lo mira.*

ELFO DOMÉSTICO
    ¿Qué, no ha visto nunca un elfo doméstico?

JACOB
    Ah... No, bueno. Claro que sí. Esto... me encantan los
elfos domésticos.

JACOB *intenta aparentar despreocupación. Quita el tapón de corcho de la botella.*

JACOB
Mi tío es un elfo doméstico.

El ELFO DOMÉSTICO *no se deja engañar. Se levanta, se apoya en la barra y mira fijamente a* JACOB.

QUEENIE *se acerca. Pide, con rostro abatido.*

QUEENIE
Seis chupitos de agua de la risa y un blaster, por favor.

El ELFO DOMÉSTICO, *de mala gana, va a buscar las bebidas.* JACOB *y* QUEENIE *se miran.* JACOB *estira un brazo y coge un chupito de agua de la risa.*

QUEENIE
¿Todos los nomajs son como usted?

JACOB *(trata de ponerse serio, casi seductor)*
No, como yo no hay dos.

Sin dejar de mirar fijamente a QUEENIE, JACOB *se bebe el chupito de un trago. De pronto emite una risita aguda y estridente.* QUEENIE *ríe con dulzura ante la expresión de sorpresa de* JACOB.

PLANO CERRADO de un ELFO DOMÉSTICO *que le sirve una bebida a un gigante, en cuya mano la jarra parece enana.*

PLANO CERRADO de NEWT *y* TINA, *que están sentados a una mesa, solos. Hay un incómodo silencio.* NEWT *observa a los personajes del local. Un grupo de brujas y magos ojerosos y con grandes cicatrices se juegan artefactos mágicos en una partida de dados rúnicos.*

TINA *(mirando alrededor)*
    He detenido a la mitad de los que están aquí.

NEWT
    Sé que no es asunto mío, pero... he visto algo... en... esa poción mortal de antes. La he visto abrazando a ese chico del Segundo Salem.

TINA
    Se llama Credence. Su madre le pega. Pega a todos los niños a los que ha adoptado. Pero con él se ceba especialmente.

NEWT *(lo entiende)*
    ¿Y ella es la nomaj a la que usted atacó?

TINA
    Así perdí mi trabajo. Me enfrenté a ella en una reunión, delante de sus fanáticos adeptos. Todos tuvieron que ser desmemorizados. Fue un gran escándalo.

QUEENIE *le hace señas desde el fondo de la sala.*

QUEENIE *(susurra)*
    Es él.

GNARLAK *ha salido de las profundidades del bar clandestino. Fuma un puro y viste con elegancia para ser un duende. Su actitud es taimada, recuerda a un capo mafioso. Observa a los recién llegados y va hacia ellos.*

CANTANTE DE JAZZ *(FUERA DE CUADRO)*
    Tienen los bichos grandes sofocos,
    tanto da si son simples o muy barrocos,
    si visten plumas, pelajes o mocos,
    porque el amor nos vuelve a todos locos.

GNARLAK *se sienta a la cabecera de su mesa, con un aire de seguridad en sí mismo y peligroso autocontrol. Un* ELFO DOMÉSTICO *se apresura a llevarle una bebida.*

GNARLAK
Así que... usted es el de la maleta llena de monstruos, ¿no?

NEWT
Las noticias vuelan. Esperaba que pudiera decirme si ha habido algún... avistamiento. Huellas y esas cosas.

GNARLAK *se bebe su copa de un trago. Otro* ELFO DOMÉSTICO *le lleva un documento para que lo firme.*

GNARLAK
Han puesto un precio bastante alto a su cabeza, señor Scamander. ¿Por qué debería ayudarle, en lugar de entregarle?

NEWT
Le aseguro que no se arrepentirá.

El ELFO DOMÉSTICO *se marcha correteando con el documento firmado.*

GNARLAK
¿Tiene... algo para abrir boca?

NEWT *saca un par de galeones y los desliza por la mesa hacia* GNARLAK, *que no se inmuta.*

GNARLAK *(nada impresionado)*
El MACUSA me ofrece bastante más.

Pausa.

NEWT *saca un precioso instrumento de metal y lo pone encima de la mesa.*

GNARLAK
   ¿Un lunascopio? Tengo cinco.

NEWT *hurga en el bolsillo de su abrigo y saca un huevo de color rubí, reluciente y helado.*

NEWT
   Un huevo de ashwinder congelado.

GNARLAK *(interesado, por fin)*
   Eso ya es otra...

De pronto, GNARLAK *ve a* PICKETT, *que asoma por el bolsillo de* NEWT.

GNARLAK
   Un momento. Eso es un bow... Eso es un bowtruckle, ¿no?

PICKETT *se retira rápidamente, y* NEWT *se tapa el bolsillo con una mano, con gesto protector.*

NEWT
   No.

GNARLAK
   Claro que sí... Abren cerraduras, ¿cierto?

NEWT
   No se lo puede quedar.

GNARLAK
   Pues... Buena suerte, que viva para contarlo, señor Scamander. Tiene a todo el MACUSA pisándole los talones.

GNARLAK *se levanta y se va.*

NEWT *(afligido)*
Está bien.

GNARLAK, *de espaldas a* NEWT, *sonríe con malicia.*

NEWT *se saca a* PICKETT *del bolsillo.* PICKETT *se aferra a las manos de* NEWT *y gimotea y repiquetea desesperadamente.*

NEWT
Pickett...

Con cuidado, NEWT *le entrega el bowtruckle a* GNARLAK. PICKETT *extiende sus bracitos suplicando a* NEWT *que vuelva a cogerlo.* NEWT *no soporta mirarlo.*

GNARLAK
¡Oh!
(a NEWT*)*
Algo invisible ha estado causando estragos en la Quinta Avenida. Pruebe en los almacenes Macy's. Podría encontrar lo que está buscando.

NEWT *(sotto voce)*
Dougal.
(a GNARLAK*)*
Una última cosa. Hay un tal señor Graves que trabaja en el MACUSA, me preguntaba si sabe algo de él.

GNARLAK *lo mira fijamente. Su mirada delata que podría decir muchas cosas, pero que preferiría morir antes que decirlas.*

GNARLAK

Hace muchas preguntas. Señor Scamander, eso podría costarle la vida.

PLANO CERRADO de un ELFO DOMÉSTICO *que lleva una caja de botellas.*

ELFO DOMÉSTICO

¡El MACUSA está aquí!

El ELFO DOMÉSTICO *se desaparece. Por todo el bar, otros clientes se apresuran a imitarlo.*

TINA *(se levanta)*

¿Les ha dado un soplo?

GNARLAK *los mira y ríe amenazadoramente.*

Detrás de QUEENIE, *los carteles de «SE BUSCA» de la pared se actualizan y muestran las caras de* NEWT *y* TINA.

Empiezan a aparecerse aurores en el bar clandestino.

JACOB *se acerca a* GNARLAK *con mucha calma, aparentemente sin ninguna mala intención.*

JACOB

Lo siento, señor Gnarlak.

JACOB *le pega un puñetazo en la cara, y* GNARLAK *cae hacia atrás.* QUEENIE *está encantada.*

JACOB

Me recuerda a mi supervisor.

Por todo el bar, los aurores apresan a varios clientes.

NEWT *va gateando por el suelo, buscando a* PICKETT. *A su alrededor, la gente corre, huye de los aurores, intenta salir del bar.* NEWT *encuentra por fin a* PICKETT *subido a la pata de una mesa, lo coge y corre a reunirse con su grupo.*

JACOB *se bebe otro chupito de agua de la risa de un trago. Ríe a carcajadas mientras* NEWT *lo agarra por el codo, y el grupo se desaparece.*

ESCENA 83
INT. IGLESIA DEL SEGUNDO SALEM - NOCHE

La sala, alargada, está débilmente iluminada con una sola lámpara. Apenas se oye ruido.

CHASTITY, *remilgada, está sentada a la mesa rectangular que ocupa el centro de la iglesia. Ordena meticulosamente unas octavillas y las mete en unas bolsitas.*

MODESTY *está sentada enfrente, en camisón, leyendo un libro. Al fondo,* MARY LOU *se afana en su dormitorio.*

MODESTY *es la única que oye un débil golpeteo en el piso de arriba.*

ESCENA 84
INT. DORMITORIO DE MODESTY - NOCHE

Una habitación lóbrega. Una cama individual, una lámpara de aceite, un dechado colgado en la pared: «El abecedario del pecado.» Las muñecas de MODESTY, *puestas en fila en un estante: una con una pequeña soga alrededor del cuello, otra atada a una estaca.*

CREDENCE *se pone a gatas para meterse debajo de la cama de* MODESTY. *Mira entre las cajas y los objetos que están escondidos allí, y de pronto se queda quieto, con los ojos fijos...*

ESCENA 85
INT. IGLESIA DEL SEGUNDO SALEM - NOCHE

MODESTY *al pie de la escalera, mirando hacia arriba. Sube despacio.*

ESCENA 86
INT. DORMITORIO DE MODESTY - NOCHE

PLANO CERRADO de la cara de CREDENCE *debajo de la cama.* CREDENCE *ha encontrado una varita mágica de juguete. La mira fijamente, incapaz de apartar los ojos de ella.*

Por detrás de él, MODESTY *entra en la habitación.*

MODESTY
¿Qué haces, Credence?

Con las prisas por salir, CREDENCE *se da un golpe en la cabeza contra el somier. Sale, asustado y manchado de polvo. Siente alivio al ver que sólo es* MODESTY, *pero ella, al descubrir la varita mágica, se queda aterrada.*

CREDENCE
¿De dónde la has sacado?

MODESTY *(susurra, asustada)*
Devuélvemela, Credence. Sólo es un juguete.

La puerta se abre de par en par. Entra MARY LOU. *Su mirada va de* MODESTY *a* CREDENCE *y a la varita de juguete. Nunca la habíamos visto tan furiosa.*

MARY LOU *(a* CREDENCE*)*
¿Qué hacéis?

ESCENA 87
INT. IGLESIA DEL SEGUNDO SALEM - NOCHE

LA CÁMARA SE MANTIENE en CHASTITY, *que sigue metiendo octavillas en bolsas.*

MARY LOU *(FUERA DE CUADRO)*
  Quítatelo.

CHASTITY *mira hacia arriba, hacia la galería elevada.*

ESCENA 88
INT. IGLESIA DEL SEGUNDO SALEM,
GALERÍA DEL PISO DE ARRIBA - NOCHE

MARY LOU *contempla el salón principal de la iglesia desde la galería. Vista desde abajo, su figura resulta imponente, casi divinizada.*

MARY LOU *se vuelve hacia* CREDENCE *y, despacio, con un intenso odio reflejado en la cara, parte la varita por la mitad.*

MODESTY *se encoge de miedo mientras* CREDENCE *empieza a quitarse el cinturón.* MARY LOU *tiende una mano y lo coge.*

CREDENCE *(suplicante)*
  Ma...

MARY LOU
Yo no soy tu madre. Tu madre era una malvada y una desnaturalizada.

MODESTY *se cuela entre los dos.*

MODESTY
Era mía.

MARY LOU
Modesty.

De pronto, el cinturón salta por medios sobrenaturales de las manos de MARY LOU *y cae como una serpiente muerta en un rincón.* MARY LOU *se mira la mano: el cinturón, al salir despedido, le ha hecho una herida que sangra.*

MARY LOU *está perpleja. Su mirada va y viene entre* MODESTY *y* CREDENCE.

MARY LOU *(asustada, pero disimulándolo)*
¿Qué es esto?

MODESTY *la mira a la cara, desafiante. Al fondo vemos a* CREDENCE *agachado, abrazándose las rodillas y temblando.*

MARY LOU *intenta no perder la compostura y, despacio, va a recoger el cinturón. Antes de que llegue a tocarlo, el cinturón se desliza por el suelo y se aleja de ella.*

MARY LOU *retrocede, y sus ojos se anegan en lágrimas de temor. Se vuelve poco a poco hacia los niños.*

Cuando se mueve, una fuerza violentísima se estrella contra ella: una masa tenebrosa, bestial y chirriante

que la devora. MARY LOU *da un grito espeluznante, y la fuerza la lanza hacia atrás, contra una viga de madera, y la arroja desde la galería.*

MARY LOU *se estrella contra el suelo del salón principal de la iglesia. Su cuerpo queda allí tendido, inerte, y en su cara aparecen unas marcas iguales que las del* SENADOR SHAW.

La fuerza tenebrosa revolotea por la iglesia, vuelca la mesa y destroza cuanto encuentra a su paso.

ESCENA 89
EXT. GRANDES ALMACENES - NOCHE

PLANO GENERAL de unos grandes almacenes. Escapa-rates llenos de maniquís con trajes elegantes.

JACOB *se acerca a un escaparate y se fija en un bolso que se desliza, aparentemente por sí solo, por el brazo de un maniquí.* NEWT, TINA *y* QUEENIE *surgen detrás de él y ven que el bolso queda suspendido un momento en el aire y flota hacia el interior de la tienda.*

ESCENA 90
INT. GRANDES ALMACENES - NOCHE

Unos grandes almacenes bonitos, con decoraciones navideñas y pasillos llenos de artículos de lujo: joyas, zapatos, sombreros y perfumes. Ha concluido el horario comercial, todas las luces están apagadas y no se oye nada.

Vemos el bolso, que va flotando por el pasillo central, acompañado de pequeños gruñidos.

NEWT *y los demás recorren los grandes almacenes de puntillas y se esconden detrás de un gran escaparate navideño. Siguen con la mirada la trayectoria del bolso flotante.*

NEWT *(susurra)*
    Los demiguises son fundamentalmente pacíficos, pero pueden morder si los provocan.

Aparece el demiguise, una criatura semejante a un orangután, de pelaje plateado, con una extraña cara arrugada. Trepa por un expositor para alcanzar una caja de dulces.

NEWT *(a* JACOB *y* QUEENIE*)*
    Vosotros dos, para allá.

Se ponen en marcha.

NEWT
    E intentad no ser predecibles.

JACOB *y* QUEENIE *se miran, perplejos, antes de marcharse en la dirección que les ha indicado* NEWT.

Se oye un débil rugido a lo lejos.

PLANO CERRADO del demiguise, que, al oír el ruido, mira hacia el techo un momento y luego sigue cogiendo dulces que mete a puñados en el bolso.

TINA *(FUERA DE CUADRO)*
    ¿Eso era un demiguise?

NEWT
    No, pero podría ser la razón... por la que el demiguise está aquí.

PLANO CERRADO de NEWT *y* TINA. *Van presurosos por un pasillo hacia el demiguise, que ahora se dirige hacia otra zona de los grandes almacenes.*

El demiguise se da cuenta de que lo han descubierto. Se da la vuelta, mira a NEWT *con gesto socarrón y sube por una escalera lateral.* NEWT *sonríe y se dispone a seguirlo.*

ESCENA 91
INT. DESVÁN DE LOS GRANDES ALMACENES
NOCHE

Un desván enorme y oscuro, con las paredes cubiertas de estantes llenos de cajas de porcelana: vajillas, juegos de té y otros útiles de cocina.

El demiguise camina por el desván iluminado por la luz de la luna. Mira alrededor, se para y vacía el bolso lleno de dulces.

NEWT *(FUERA DE CUADRO)*
Su vista se rige por la probabilidad, así que puede ver el futuro inmediato más probable.

NEWT *entra en el cuadro. Se acerca con sigilo al demiguise, por detrás.*

TINA *(FUERA DE CUADRO)*
¿Qué está haciendo?

NEWT
Está haciendo de niñera.

El demiguise sostiene un dulce en alto y hace como si se lo ofreciera a alguien o algo.

TINA
¿Cómo dices?

NEWT *(tranquilo y en un susurro)*
Es culpa mía, creía que ya los tenía a todos... pero he debido de contar mal.

JACOB *y* QUEENIE *entran sin hacer ruido.* NEWT *avanza despacio y se arrodilla al lado del demiguise, que le hace sitio delante de los dulces.* NEWT, *con cuidado, deja la maleta en el suelo.*

PLANO CERRADO de TINA. *Una variación de la luz revela las escamas de un gran animal escondido en las vigas del desván.* TINA *mira hacia arriba, horrorizada.*

TINA
    ¿Estaba cuidando de eso?

PLANO CERRADO del techo al mismo tiempo que aparece la cara de un occamy. Es igual que los pequeños pájaros azules con cuerpo de serpiente que hemos visto dentro de la maleta, pero este occamy es enorme: está enroscado alrededor de sí mismo y ocupa todo el techo del desván.

El occamy desciende lentamente hacia NEWT *y el demiguise, que vuelve a ofrecer un dulce.* NEWT *se queda muy quieto.*

NEWT
    Los occamys son coranápticos, crecen hasta ocupar todo el espacio disponible.

El occamy ve a NEWT *y estira el cuello hacia él.* NEWT *levanta una mano con suavidad.*

NEWT
    Aquí está mamá.

PLANO CERRADO del demiguise, cuyos ojos lanzan destellos de un azul intenso: una señal de que está teniendo una premonición.

INSERTOS:

Un adorno navideño rueda por el suelo, el occamy se asusta, NEWT *lo sujeta firmemente por el lomo, se ve lanzado de una punta a otra de la habitación; de pronto, el demiguise está subido a la espalda de* JACOB.

VOLVEMOS al demiguise, cuyos ojos se han puesto otra vez marrones.

QUEENIE *avanza lentamente, con la mirada fija en el* occamy. *Sin querer, le da con el pie a una bolita de cristal que hay en el suelo, que tintinea al rodar. Al oír el sonido, el occamy retrocede profiriendo alaridos.* NEWT *intenta calmar a la bestia.*

JACOB *y* QUEENIE *retroceden, tambaleándose, para ponerse a cubierto. El demiguise echa a correr y salta a los brazos de* JACOB.

El occamy desciende en picado, se carga a NEWT *sobre el lomo y se revuelca violentamente por el desván, haciendo saltar por el aire los estantes.* NEWT *grita.*

NEWT
 ¡Necesitamos un insecto! ¡Bueno, cualquier insecto y una tetera! ¡Encontrad una tetera!

TINA *se arrastra por el suelo entre el caos, esquivando objetos que caen, y busca lo que les ha pedido* NEWT.

Las alas del occamy descienden hasta el suelo y están a punto de golpear a JACOB, *que se tambalea y tropieza, con el demiguise aferrado a su espalda.*

NEWT *tiene muchas dificultades para aguantarse, pues el occamy está cada vez más agitado, golpea con las alas hacia arriba y destroza el tejado del edificio.*

JACOB *se da la vuelta, el demiguise y él ven una cucaracha solitaria encima de una caja.* JACOB *estira un brazo para cogerla, y justo entonces un trozo de escama del occamy se estrella y destroza la caja, frustrando las intenciones de* JACOB.

PLANO CERRADO de TINA, *que se arrastra por el suelo con decisión, persiguiendo la cucaracha.*

PLANO CERRADO de QUEENIE, *que grita cuando la fuerza del occamy la derriba.* JACOB *corre tras ella y se lanza hacia delante, da un planchazo en el suelo y por fin se hace con la cucaracha.* TINA *se levanta con una tetera en la mano y grita.*

TINA
  ¡Tetera!

Al oírlo, el occamy levanta la cabeza una vez más, lo que hace que se le retuerza la cola, aprisionando a JACOB, *que sigue con el demiguise encima, e inmovilizándolo contra una viga.*

JACOB *y* TINA *están uno en cada extremo de la habitación, sin atreverse a moverse, y entre ellos hay un rastro de escamas de occamy.*

PLANO CERRADO de JACOB *y el demiguise. El demiguise mira hacia un lado y desaparece rápidamente.* JACOB *se vuelve despacio para ver qué es eso que ha visto el demiguise: la cara del occamy está a sólo unos centímetros de la suya, con los ojos clavados en la cucaracha que* JACOB *tiene en la mano.* JACOB *no se atreve ni a respirar.*

NEWT *se asoma por detrás de la cabeza del occamy y susurra.*

NEWT
  ¡Cucaracha a la tetera!

JACOB *traga saliva y evita mirar a los ojos a la bestia que tiene a su lado.*

JACOB *(tratando de calmar al occamy)*
  ¡Chisssst!

JACOB *mira a* TINA *abriendo mucho los ojos para advertirla de sus intenciones.*

A CÁMARA LENTA:

JACOB *lanza la cucaracha. La vemos volar mientras el cuerpo del occamy empieza a moverse otra vez, desenroscándose y arremolinándose por la habitación.*

NEWT *salta del lomo del occamy y va a parar sano y salvo al suelo, mientras* QUEENIE *se protege poniéndose un colador en la cabeza.*

TINA *corre con un brazo estirado y la tetera en la mano. Salta por encima de los anillos del occamy (una imagen heroica). Aterriza de rodillas en medio de la habitación, y la cucaracha cae justo dentro de la tetera.*

El occamy se endereza, y al elevarse se encoge rápidamente, y entonces se lanza en picado. TINA *agacha la cabeza y se prepara para recibir el golpe. El occamy se arroja a toda velocidad hacia la tetera y se desliza suavemente hasta el interior.*

NEWT *se abalanza sobre la tetera y le pone la tapa.* TINA *y él respiran aliviados.*

NEWT
Coranáptico. También se encogen hasta caber en el espacio disponible.

PLANO CERRADO del interior de la tetera: el occamy, ahora diminuto, se zampa la cucaracha.

TINA
Dime la verdad. ¿No se ha escapado nada más de esa maleta?

NEWT
Nada más. Y es la verdad.

ESCENA 92
INT. MALETA DE NEWT - POCO DESPUÉS - NOCHE

JACOB *lleva de la mano al demiguise y lo guía por su recinto.*

NEWT *(FUERA DE CUADRO)*
Ahí viene.

JACOB *levanta el demiguise y lo pone en su nido.*

JACOB *(al demiguise)*
¿Contento de volver a casa? Sí, estás agotado. Vamos. Eso es, bien.

TINA, *cautelosa, sostiene el pequeño occamy. Bajo la supervisión de* NEWT, *lo coloca con cuidado en su nido.*

LA CÁMARA SE MANTIENE en TINA, *que mira alrededor y ve al erumpent, que se pasea por su recinto.* TINA *está sorprendida y maravillada.* JACOB *se ríe al verle la cara.*

PICKETT *le da un fuerte pellizco a* NEWT *desde el interior de su bolsillo.*

NEWT
¡Ay!

NEWT *se saca a* PICKETT *del bolsillo, lo sostiene en la mano y recorre los diferentes recintos.*

Vemos al escarbato sentado en un pequeño enclave, rodeado de sus diversos tesoros.

NEWT
Bien. Tú y yo tenemos que hablar. ¿Cómo iba a dejarte con él, Pickett? Por encima de mi cadáver, después de todo lo que has hecho por mí... ¿Cómo se te ocurre?

NEWT *ha llegado a la zona de* FRANK.

NEWT
Pickett, ya hemos hablado de lo de enfurruñarse... ¿no? Pickett. Venga. Una sonrisita. Pickett, una...

PICKETT *saca su diminuta lengua y le hace una pedorreta.*

NEWT
Está bien. No me esperaba eso de ti.

NEWT *se pone a* PICKETT *en el hombro y se afana con unos cubos de pienso.*

PLANO CERRADO de una fotografía que hay dentro de la cabaña de NEWT, *en la que aparece una muchacha hermosa que sonríe, provocadora.* QUEENIE *se queda mirando la fotografía.*

QUEENIE
Eh, Newt, ¿quién es?

NEWT
Nadie.

QUEENIE *(le lee el pensamiento)*
Leta Lestrange. He oído hablar de esa familia. ¿No son...? Ya sabes...

NEWT
Por favor, no me leas la mente.

Pausa mientras QUEENIE *absorbe toda la historia de la mente de* NEWT. *Parece intrigada y, a la vez, triste.* NEWT *sigue trasteando y se esfuerza por fingir que* QUEENIE *no le está leyendo el pensamiento.*

QUEENIE *se acerca más a* NEWT.

NEWT *(molesto y abochornado)*
Te he pedido que no me la leas.

QUEENIE
Lo sé, lo siento, no puedo evitarlo. Es más fácil con las personas que están dolidas.

NEWT
Yo no estoy dolido. Además, eso fue hace mucho.

QUEENIE
Erais muy amigos en el colegio.

NEWT *(intenta quitarle importancia)*
Ninguno encajaba mucho en el colegio, así que nos hicimos...

QUEENIE
¿Os hicisteis muy amigos? Durante años.

Al fondo vemos a TINA, *que se ha dado cuenta de que* NEWT *y* QUEENIE *están hablando.*

QUEENIE *(preocupada)*
A ella le gustaba recibir; tú necesitas a alguien que quiera dar.

TINA *va hacia ellos.*

TINA
¿De qué estáis hablando?

NEWT
Aaah... De nada.

QUEENIE
Del colegio.

NEWT
Del colegio.

JACOB *(se pone la chaqueta)*
¿He... oído colegio? ¿Hay un colegio, un colegio de magia aquí en Estados Unidos?

QUEENIE
Por supuesto, Ilvermorny... es el mejor colegio de magia del mundo entero.

NEWT
Yo opino que el mejor colegio de magia del mundo es... Hogwarts.

QUEENIE
Jobar.

Un trueno gigantesco. El thunderbird, FRANK, *se eleva dando alaridos, bate enérgicamente las alas, su cuerpo se vuelve negro y dorado, sus ojos lanzan relámpagos.*

NEWT *se levanta y observa a* FRANK, *intrigado.*

NEWT
Peligro. Presiente peligro.

ESCENA 93
EXT. IGLESIA DEL SEGUNDO SALEM - NOCHE

GRAVES *se aparece en una zona oscura. Con la varita en la mano, va lentamente hacia la iglesia mientras examina el escenario de la catástrofe. En lugar de asustado, parece intrigado, casi ilusionado.*

ESCENA 94
INT. IGLESIA DEL SEGUNDO SALEM - NOCHE

El edificio está destruido. La luz de la luna se filtra por los agujeros del tejado, y CHASTITY *yace sin vida, rodeada de los escombros resultantes del ataque.*

GRAVES *entra despacio en la iglesia, con la varita en la mano. Se oyen unos sollozos sobrecogedores provenientes de algún rincón del edificio.*

El cuerpo de MARY LOU *yace en el suelo. La luz de la luna permite ver las marcas que tiene en la cara.* GRAVES *examina el cadáver. Su expresión indica que ha comprendido algo: no denota horror, sino sólo cautela y un intenso interés.*

LA CÁMARA ENFOCA a CREDENCE, *agazapado al fondo de la iglesia, gimoteando y apretando el colgante de las Reliquias de la Muerte en el puño.* GRAVES *va deprisa hacia él, se agacha, le abraza la cabeza. Sin embargo, cuando habla, su voz está desprovista de ternura.*

GRAVES
El obscurial... ha estado aquí. ¿Dónde se ha metido?

CREDENCE *levanta la cabeza y mira a* GRAVES. *Está muy traumatizado y no puede explicar nada. Su rostro es una súplica de afecto.*

CREDENCE
Ayúdeme, ayúdeme.

GRAVES
¿No me dijiste que tenías otra hermana?

CREDENCE *rompe a llorar de nuevo.* GRAVES *le pone una mano en el cuello. La tensión le crispa el rostro, pero intenta conservar la calma.*

CREDENCE
Por favor, ayúdeme.

GRAVES
¿Dónde está tu hermana, Credence? ¿Eh? La pequeña. ¿Dónde se ha metido?

CREDENCE *tiembla y murmura.*

CREDENCE
Por favor, ayúdeme.

De pronto, despiadado, GRAVES *abofetea a* CREDENCE.

CREDENCE, *anonadado, mira de hito en hito a* GRAVES.

GRAVES
Tu hermana está en grave... peligro. Tenemos que encontrarla.

CREDENCE *está horrorizado, no logra comprender que su héroe le haya pegado.* GRAVES *lo agarra y lo levanta, y ambos se desaparecen.*

ESCENA 95
EXT. EDIFICIO DE VIVIENDAS DEL BRONX
NOCHE

Una calle desierta. GRAVES, *guiado por* CREDENCE, *se acerca a un edificio de viviendas.*

ESCENA 96
INT. EDIFICIO DE VIVIENDAS DEL BRONX,
PASILLO - NOCHE

Por dentro, el edificio está en ruinas, en un estado lamentable. CREDENCE *y* GRAVES *suben por la escalera.*

GRAVES *(FUERA DE CUADRO)*
  ¿Qué es este sitio?

CREDENCE
  Mi madre adoptó a Modesty aquí. Eran doce hijos. Echa de menos a sus hermanos. Sigue hablando de ellos.

GRAVES, *con la varita en la mano, mira alrededor en el rellano. Hay numerosos umbrales oscuros a ambos lados.*

CREDENCE, *que todavía está traumatizado, se ha parado en la escalera.*

GRAVES
  ¿Dónde está?

CREDENCE *mira hacia abajo, perplejo.*

CREDENCE
  No lo sé.

GRAVES *está cada vez más impaciente: ya está muy cerca de su objetivo. Avanza hacia una de las habitaciones.*

GRAVES *(desdeñoso)*
  Eres un squib, Credence. Me di cuenta nada más verte.

El rostro de CREDENCE *refleja una profunda conmoción.*

CREDENCE
¿Qué?

GRAVES *camina por el pasillo y va a probar en otra habitación. Ya no queda nada de su fingido afecto por* CREDENCE.

GRAVES
Tienes ancestros mágicos, pero nada de poder.

CREDENCE
Pero me dijo que podía enseñarme.

GRAVES
No se te puede enseñar. Tu madre está muerta. Ésa es tu recompensa.

GRAVES *señala otro rellano.*

GRAVES
Ya no te necesito.

CREDENCE *no se mueve. Se queda mirando a* GRAVES, *y su respiración se vuelve rápida y superficial, como si estuviera esforzándose por reprimir algo.*

GRAVES *recorre las habitaciones oscuras. Detecta un pequeño movimiento cerca.*

GRAVES
Modesty.

GRAVES *avanza con cautela y entra en un aula abandonada que hay al fondo del pasillo.*

ESCENA 97
INT. EDIFICIO DE VIVIENDAS DEL BRONX, AULA ABANDONADA

PLANO CERRADO de MODESTY, *encogida en un rincón, con los ojos muy abiertos, asustada y temblando mientras* GRAVES *se le acerca.*

GRAVES *(susurra)*
    Modesty.

GRAVES *se agacha y guarda su varita. Vuelve a interpretar el papel de padre tranquilizador.*

GRAVES *(con dulzura)*
    No tienes nada que temer. Estoy aquí con tu hermano Credence.

MODESTY *gimotea, aterrada, al oír nombrar a* CREDENCE.

GRAVES
    Sal, vamos.

GRAVES *le tiende una mano.*

Suena un débil tintineo.

PLANO CERRADO del tejado, donde empiezan a aparecer grietas que se extienden como una telaraña. Cae polvo y las paredes tiemblan violentamente. La habitación empieza a desintegrarse a su alrededor.

GRAVES *se levanta. Mira a* MODESTY, *pero la niña está aterrorizada, y es evidente que el origen de esa magia no es ella.* GRAVES *se da la vuelta y, despacio, saca su varita. La pared que tiene delante se derrumba como si fuera de arena y revela otra pared.* MODESTY *ya no le interesa.*

La otra pared también se derrumba, y GRAVES *está petrificado, eufórico, y sin embargo, también es consciente de que ha cometido un gravísimo error...*

Cae la última pared. GRAVES *se encuentra frente a frente con* CREDENCE, *que lo mira fijamente, incapaz de controlar su cólera, su sensación de traición, su amargura.*

GRAVES
Credence, te debo una disculpa.

CREDENCE
Confiaba en usted. Creía que era mi amigo, que era diferente.

El rostro de CREDENCE *empieza a crisparse, su rabia lo desgarra por dentro.*

GRAVES
Puedes controlarlo, Credence.

CREDENCE *(susurra y, por fin, lo mira a los ojos)*
Creo que no quiero, señor Graves.

El obscurus se cuela bajo la piel de CREDENCE, *una imagen espeluznante. Por su boca sale un rugido repugnante, inhumano, y luego empieza a brotar una cosa oscura.*

Esa fuerza se apodera por fin de CREDENCE, *y todo su cuerpo explota convertido en una masa oscura que se*

lanza hacia delante y sale por la ventana, esquivando por los pelos a GRAVES.

GRAVES *se queda plantado viendo cómo el obscurus sobrevuela la ciudad.*

ESCENA 98
EXT. EDIFICIO DE VIVIENDAS DEL BRONX NOCHE

Seguimos al obscurus, que recorre la ciudad girando y retorciéndose, causando estragos a su paso. Los coches saltan por los aires, las aceras explotan y los edificios se derrumban: el obscurus va dejando una estela de destrucción.

ESCENA 99
EXT. AZOTEA DEL SQUIRE'S - NOCHE

NEWT, TINA, JACOB *y* QUEENIE *están en una azotea bajo un gran letrero que reza «*SQUIRE'S*». Desde el borde tienen buenas vistas del caos que reina en las calles.*

JACOB *(muy excitado)*
¿Eso es? ¿Eso es el obscuria?

Se oyen sirenas. NEWT *mira fijamente, registrando el alcance de la destrucción.*

NEWT
No tenía conocimiento de ningún obscurial tan poderoso.

Se oye una explosión fortísima a lo lejos. La ciudad está empezando a incendiarse. NEWT *le pone su maleta en las manos a* TINA *y se saca un diario del bolsillo.*

NEWT
Si no vuelvo, cuida de mis criaturas. Todo lo que necesitas saber está... aquí dentro.

Le entrega el diario, y apenas puede mirarla a los ojos.

TINA
¿Qué?

NEWT *(vuelve a observar el obscurus)*
Tengo que salvarlo.

Se miran (un momento lleno de todo eso que habrían podido decirse) y entonces NEWT *salta de la azotea y se desaparece.*

TINA *(consternada)*
¡Newt!

TINA *le pone la maleta en los brazos a* QUEENIE.

TINA
Ya lo habéis oído. Cuidad de ellas.

TINA *también se desaparece.* QUEENIE *le pasa la maleta a* JACOB.

QUEENIE
Ten, toma. Cuida la maleta.

Va a desaparecerse, pero JACOB *se cuelga de ella, y* QUEENIE *titubea.*

JACOB
No, no, no.

QUEENIE
No puedo llevarte conmigo. Por favor, suéltame, Jacob.

JACOB
¡Eh, eh, eh! Tú dijiste que era de los vuestros, ¿no?

QUEENIE
Es demasiado peligroso.

Otra potentísima explosión a lo lejos. JACOB *se aferra aún más a* QUEENIE. *Ella le lee el pensamiento y su expresión pasa del asombro a la ternura cuando ve lo que* JACOB *vivió durante la guerra.* QUEENIE *está conmovida y horrorizada. Muy lentamente, levanta una mano y le acaricia la mejilla.*

ESCENA 100
EXT. TIMES SQUARE - NOCHE

Escenario de un caos total. Los edificios están en llamas, la gente grita y huye en todas direcciones, hay coches destrozados en la calle.

GRAVES *merodea por la plaza, ajeno a la confusión que lo rodea, concentrado en una única cosa.*

El obscurus se retuerce en un extremo de la plaza, una masa de energía aún más furiosa que atraviesa capas y capas de sufrimiento y angustia, producto del aislamiento y la tortura. De debajo salen furiosas chispas rojas. En el interior de esa masa se distingue el rostro de CREDENCE, *distorsionado, transido.* GRAVES *se planta ante él, triunfante.*

NEWT *se aparece en la calle, más allá, y observa.*

GRAVES *(grita para que* CREDENCE *lo oiga por encima del estruendo)*

Que hayas sobrevivido tanto tiempo... con esto dentro de ti, Credence, es un milagro. Tú eres... un milagro. Ven conmigo. Piensa en lo que podríamos conseguir juntos.

El obscurus se acerca más a GRAVES. *Oímos un grito que sale de dentro de la masa mientras su energía tenebrosa estalla una vez más y tira a* GRAVES *al suelo. La fuerza envía una onda expansiva por toda la plaza.* NEWT *se protege detrás de un coche volcado.*

TINA *se aparece en la plaza y se refugia detrás de otro vehículo en llamas, cerca de* NEWT. *Se miran.*

TINA
   ¡Newt!

NEWT
   Es el Segundo Salemita. Él es el obscurial.

TINA
   Pero no es un niño.

NEWT
   Su... Su poder debe de ser tan fuerte que ha... que ha logrado sobrevivir.

El obscurus vuelve a gritar. TINA *toma una decisión.*

TINA
   ¡Newt! ¡Sálvale!

TINA *sale corriendo hacia* GRAVES. NEWT, *que ha adivinado sus intenciones, se desaparece.*

ESCENA 101
EXT. TIMES SQUARE - NOCHE

GRAVES *se acerca cada vez más al obscurus, que sigue gritando y aullando ante su presencia.* GRAVES *saca su varita, preparado...*

TINA *aparece corriendo detrás de* GRAVES. *Le lanza un hechizo, pero* GRAVES *se da la vuelta justo a tiempo. Sus reflejos son increíbles, prodigiosos.*

El obscurus se esfuma. GRAVES, *muy enojado, va hacia* TINA *y desvía sus hechizos sin ninguna dificultad.*

GRAVES
Tina, siempre metiéndote donde no te llaman.

GRAVES *hace un encantamiento convocador a un coche abandonado, y éste va volando hacia él.* TINA *se lanza a un lado y se aparta justo a tiempo.*

Cuando TINA *se levanta del suelo,* GRAVES *ya se ha desaparecido.*

ESCENA 102
INT. DEPARTAMENTO DE INVESTIGACIONES
PRINCIPALES, MACUSA - NOCHE

Un mapa metálico de la ciudad de Nueva York se ilumina y muestra las zonas de intensa actividad mágica. MADAM PICQUERY, *rodeada de aurores de alto rango, lo contempla, atónita.*

MADAM PICQUERY
   Contenedlo o nos veremos expuestos y será la guerra.

Los aurores se desaparecen de inmediato.

ESCENA 103
EXT. AZOTEAS DE NUEVA YORK - NOCHE

NEWT *persigue al obscurus por las azoteas de los edificios, apareciéndose y desapareciéndose tan deprisa como puede.*

NEWT
   Credence, Credence, puedo ayudar...

El obscurus se lanza hacia NEWT, *que se desaparece justo a tiempo y luego sigue persiguiéndolo por las azoteas.*

Mientras corre, los hechizos estallan a su alrededor, desintegrando los tejados. Un poco más adelante han

aparecido una docena de aurores que atacan al obscu-rus y casi le dan a NEWT. Éste se pone a cubierto mien-tras intenta por todos los medios no quedarse atrás.

El obscurus vira para esquivar los hechizos y se retira bramando. Deja un rastro de partículas que parecen nieve negra flotando sobre los tejados y derriba otro edificio más allá.

Con un despliegue particularmente enérgico, el obscu-rus se alza de manera espectacular, mientras los he-chizos de color azul eléctrico y blanco lo golpean desde todos los ángulos. Al final se estrella contra el suelo y sigue a toda velocidad por una calle ancha y vacía: un tsunami negro que destruye cuanto encuentra en su camino.

ESCENA 104
EXT. DELANTE DE UNA ESTACIÓN DE METRO
NOCHE

Una hilera de agentes de policía apuntan con sus fu-siles a la aterradora fuerza sobrenatural que se dirige hacia ellos.

La expresión de sus caras pasa de la alarma y el des-concierto al puro pánico cuando ven que la masa se aglomera y va derecha hacia ellos. Disparan con sus fusiles, pero sus esfuerzos son vanos ante esa masa cinética aparentemente imparable. Al final, cuando el

obscurus se les echa encima, salen en desbandada y corren por la calle.

ESCENA 105
EXT. AZOTEAS / CALLES DE NUEVA YORK - NOCHE

PLANO CERRADO de NEWT, *de pie en lo alto de un rascacielos, oteando, cuando el obscurus se alza entre los edificios circundantes y se lanza de forma espectacular contra el suelo delante de la boca del metro de City Hall.*

Calma repentina. Una respiración palpitante, agitada y ruidosa emana del obscurus, que está tendido junto a la entrada.

Por fin, mientras NEWT *lo observa, vemos que la masa negra se encoge hasta desaparecer, y la pequeña figura de* CREDENCE *baja los escalones y entra en la estación de metro.*

ESCENA 106
INT. METRO - NOCHE

NEWT *se aparece en la estación de metro de City Hall, un túnel largo, con las paredes de mosaico* art decó, *donde se aprecian las señales del paso del obscurus: la araña de luces chirría, se han desprendido algunos azulejos. Oímos su respiración, profunda: parece una pantera acorralada y asustada.*

NEWT *recorre el andén con sigilo y trata de localizar el epicentro del sonido. Mientras tanto, el obscurus baja deslizándose por el techo.*

ESCENA 107
EXT. BOCA DEL METRO - NOCHE

Los aurores rodean la boca del metro. Trazan arcos apuntando con sus varitas, de la calzada al cielo, y crean un campo de energía invisible alrededor de la entrada.

Oímos que llegan más aurores, entre ellos GRAVES, *que echa un vistazo, evalúa la situación y toma las riendas de inmediato.*

GRAVES
    Acordonen la zona. No quiero a nadie ahí abajo.

Cuando el campo mágico está casi completo, una figura se cuela por debajo y se mete en la estación de metro sin que la vean: TINA.

ESCENA 108
INT. METRO - NOCHE

NEWT *ha llegado a donde está el obscurus, en un túnel sombrío. Ya mucho más tranquilo, el obscurus gira suavemente, suspendido sobre las vías de tren.* NEWT *se esconde detrás de una columna mientras habla.*

NEWT
Credence. Te llamabas Credence, ¿no? Estoy aquí para ayudarte, Credence. No para hacerte daño. Yo conocí a alguien igual... que tú, Credence. Una niña.

Oímos pasos a lo lejos, a un ritmo pausado, controlado.

NEWT *sale de detrás de la columna y baja a las vías. Dentro de la masa del obscurus distinguimos la sombra de* CREDENCE, *acurrucado, asustado.*

NEWT
Una niña... a la que habían encarcelado. La habían encerrado y la habían castigado por su magia.

CREDENCE *escucha: jamás se le había ocurrido pensar que pudiera haber otro. Poco a poco, el obscurus se des-*

vanece, y sólo queda CREDENCE, *acurrucado en las vías de tren: un niño asustado.*

NEWT *se agacha en el suelo.* CREDENCE *lo mira y en su semblante se refleja un minúsculo atisbo de esperanza: ¿hay alguna posibilidad de volver?*

NEWT
   Credence, ¿puedo acercarme? ¿Puedo acercarme?

NEWT *avanza despacio, pero un fuerte destello ilumina la oscuridad, y un hechizo lo lanza hacia atrás.*

GRAVES *camina por el túnel con gran determinación.*

CREDENCE *echa a correr y* GRAVES *le lanza más hechizos a* NEWT, *que se aparta rodando hacia las columnas centrales del túnel. Desde allí,* NEWT *intenta defenderse lanzando hechizos, pero sus esfuerzos son repelidos con facilidad.*

CREDENCE *sigue avanzando pesadamente por las vías, pero se para, como un conejo sorprendido por los faros de un coche, al ver acercarse un tren cuyos faros alumbran la oscuridad.*

Está en manos de GRAVES *salvar a* CREDENCE *apartándolo de la trayectoria del tren por medio de la magia.*

ESCENA 109
EXT. BOCA DEL METRO - NOCHE

MADAM PICQUERY *evalúa la situación desde debajo del campo de fuerza mágico.*

PLANO CERRADO de la muchedumbre y PLANO SUBJETIVO de la policía:

La gente empieza a apiñarse alrededor de la boca del metro, sus gritos y sus comentarios aumentan de volumen cuando contemplan la burbuja mágica que rodea la entrada de la estación. Han llegado reporteros que fotografían la escena con frenesí.

HENRY SHAW *y* BARKER *se abren paso entre la multitud.*

HENRY SHAW
    Esa cosa ha matado a mi hijo. ¡Quiero justicia!

PLANO DETALLE de MADAM PICQUERY, *que mira hacia el gentío.*

HENRY SHAW *(FUERA DE CUADRO)*
    Te expondré revelando quién eres y qué has hecho.

ESCENA 110
INT. METRO - NOCHE

Desde el andén, GRAVES *sigue batiéndose con* NEWT, *que está en las vías de tren.* CREDENCE *se agacha detrás de* NEWT.

Al final, casi aburrido de los intentos de NEWT, GRAVES *lanza un hechizo que ondula por las vías de tren y desciende por el túnel, hasta que alcanza a* NEWT *y lo hace saltar por los aires.*

NEWT *cae al suelo, boca arriba, y rápidamente* GRAVES *lo ataca, lanzándole hechizos como si agitara un látigo, con movimientos cada vez más enérgicos. El inmenso poder de* GRAVES *es evidente, y* NEWT *se retuerce en el suelo, incapaz de detenerlo.*

ESCENA 111
EXT. BOCA DEL METRO - NOCHE

PLANO GENERAL:

Vemos que el muro de energía, luminoso y vibrante, lanza destellos, cargado de magia.

LANGDON, *borracho, lo contempla, atónito y embelesado por el espectáculo.*

HENRY SHAW *(a los fotógrafos que hay a su alrededor)*
¡Miren! ¡Hagan fotos!

ESCENA 112
INT. METRO - NOCHE

GRAVES, *desaforado, sigue lanzando hechizos contra*
NEWT.

PLANO DETALLE de CREDENCE, *que solloza un poco*
más allá, en el túnel. Empieza a temblar, y lentamente
su cara se torna negra mientras intenta impedir que la
masa cinética se apodere de él.

Mientras NEWT *grita de dolor,* CREDENCE *sucumbe a la*
negrura: su cuerpo queda envuelto, vencido. El obscu-
rus se alza y se lanza por el túnel hacia GRAVES.

GRAVES *está pasmado. Se arrodilla bajo la gran masa*
negra, suplicante, maravillado.

GRAVES
    Credence...

El obscurus lanza un grito sobrenatural y se abalanza
sobre GRAVES, *que se desaparece justo a tiempo. El obs-*
curus sigue volando por el túnel.

GRAVES *y* NEWT *se desaparecen y se aparecen por el me-*
tro tratando de apartarse del camino del obscurus. Eso

hace que la estación se desintegre aún más deprisa. De pronto, la fuerza se acelera, se convierte en una ola gigantesca que ocupa todo el espacio, hasta que sale volando y atraviesa el techo.

ESCENA 113
EXT. BOCA DEL METRO - NOCHE

El obscurus surge atravesando el pavimento, ante las miradas de magos y nomajs. Sube por un rascacielos en construcción, se rompen los cristales de las ventanas de un piso tras otro, los cables eléctricos estallan, hasta que llega al armazón esquelético del andamiaje de la parte superior, que se comba peligrosamente.

Abajo, la multitud que se ha congregado fuera del cordón mágico corre a ponerse a cubierto, aterrorizada.

El obscurus compone una gran forma de disco antes de volver a meterse por la boca del metro.

ESCENA 114
INT. METRO - NOCHE

El obscurus ruge y se lanza, atravesando el techo del metro. Durante una milésima de segundo, NEWT *y* GRAVES *parecen a punto de morir, tumbados sobre las vías, intimidados por esa fuerza tenebrosa.*

TINA *(FUERA DE CUADRO)*
　　¡Credence, no!

TINA *baja a las vías.*

El obscurus se detiene a unos centímetros de la cara de GRAVES. *Muy lentamente, vuelve a elevarse, se arremolina con más suavidad, mirando fijamente a* TINA, *que sostiene la mirada de esos extraños ojos.*

TINA
　　No lo hagas, por favor.

NEWT
　　Sigue hablando, Tina. Sigue hablándole. Te escuchará. Te está escuchando.

Desde el interior del obscurus, CREDENCE *conecta con* TINA, *la única persona que alguna vez ha tenido un detalle amable con él. La mira, desesperado y asustado. Lleva soñando con ella desde que lo salvó de una paliza.*

TINA
　　Sé lo que te ha hecho esa mujer. Sé que has sufrido. Tienes que poner fin a esto. Newt y yo te protegeremos.

GRAVES *se ha levantado.*

TINA *(señala a* GRAVES*)*
Este hombre... te está utilizando.

GRAVES
No le hagas caso, Credence. Quiero que seas libre. Tranquilo.

TINA *(a* CREDENCE, *calmándolo)*
Ya está.

El obscurus comienza a encogerse. Su espantosa cara se vuelve más humana, más parecida a la de CREDENCE.

De pronto, empiezan a bajar aurores por las escaleras del metro y se meten en el túnel. Más aurores llegan por detrás de TINA, *blandiendo amenazadoramente sus varitas.*

TINA
No. Se asustará.

El obscurus emite un gemido terrible y empieza a hincharse otra vez. La estación se está derrumbando. NEWT *y* TINA *se vuelven, con los brazos extendidos, tratando de proteger a* CREDENCE.

GRAVES *se da la vuelta y se coloca frente a los aurores, con la varita en la mano.*

GRAVES
¡Bajad las varitas! El que le haga daño se las verá conmigo.
(se vuelve hacia CREDENCE*)*
Credence.

TINA
Credence.

Los aurores empiezan a lanzarle hechizos al obscurus.

GRAVES
  ¡No!

Vemos a CREDENCE *dentro de la masa negra; el rostro crispado, gritando. La salva de hechizos continúa, y* CREDENCE *aúlla de dolor.*

ESCENA 115
EXT. BOCA DEL METRO - NOCHE

El campo de fuerza mágico que rodea la boca del metro se derrumba mientras la gente sigue huyendo del lugar. Sólo HENRY SHAW *y* LANGDON *se quedan donde están.*

ESCENA 116
INT. METRO - NOCHE

Los aurores continúan lanzándole hechizos al obscurus, con una tenacidad brutal.

Bajo esa presión, el obscurus finalmente implosiona: una esfera blanca de luz mágica se impone a la masa negra.

La fuerza que genera la transformación empuja a TINA, NEWT *y los aurores hacia atrás.*

Cesa toda fuerza. Sólo quedan pequeños jirones de materia negra que flotan como plumas.

NEWT *se levanta, el rostro transido de profundo y since-ro dolor.* TINA *sigue en el suelo, llorosa.*

GRAVES, *en cambio, se levanta, trepa al andén y se acer-ca cuanto puede a los restos de la masa negra.*

Los aurores avanzan hacia GRAVES.

GRAVES
    Credence. Necios. ¿Sabéis lo que habéis hecho?

GRAVES *bulle de rabia mientras los otros lo observan con interés.* MADAM PICQUERY *sale de detrás de los auro-res, con tono férreo, inquisidor.*

MADAM PICQUERY
    Yo he ordenado que acaben con el obscurial, señor Graves.

GRAVES
    Sí. Y la historia tomará buena nota de ello, señora presidenta.

GRAVES *camina hacia ella por el andén, intimidante.*

GRAVES
    Lo que se ha hecho aquí esta noche ha sido un error.

MADAM PICQUERY

Era responsable de la muerte de un nomaj. Ha expuesto a nuestra comunidad. Ha infringido una de nuestras leyes más sagradas...

GRAVES *(ríe con sorna)*

Una ley que... hace que nos... escabullamos como ratas en las cloacas. Una ley que exige que escondamos nuestra verdadera naturaleza. Una ley... que obliga a aquellos bajo su dominio a encogerse de miedo para no ser descubiertos. Y yo le pregunto, señora presidenta...
(fulmina con la mirada a todos los presentes)
...os pregunto a todos: ¿a quién protege esta ley? ¿A nosotros?
(hace un ademán hacia arriba, hacia los nomajs)
¿O a ellos?
(sonríe con sorna)
Me niego a seguir doblegándome.

GRAVES *se aleja de los aurores.*

MADAM PICQUERY *(a los aurores que la flanquean)*

Aurores, me gustaría que liberaran al señor Graves de su varita y que se lo llevaran de aquí.

Mientras GRAVES *camina por el andén, de pronto aparece ante él un muro de luz blanca que le cierra el paso.*

GRAVES *piensa un momento y esboza una sonrisa de desdén y fastidio. Se da la vuelta.*

GRAVES *sigue andando a grandes zancadas por el andén, con seguridad, lanzando hechizos hacia los dos grupos de aurores que tiene delante. Le lanzan hechizos desde todos los ángulos, pero* GRAVES *los rechaza*

todos. Varios aurores salen despedidos. GRAVES *está imponiéndose...*

De pronto, NEWT *se saca el capullo del bolsillo y se lo lanza a* GRAVES. *El mal acechador vuela describiendo círculos a su alrededor, protegiendo a* NEWT *y a los aurores de los hechizos de* GRAVES *y dándole tiempo a* NEWT *para blandir su varita.*

Con la sensación de liberar algo que lleva mucho tiempo conteniendo, lanza con todas sus fuerzas una cuerda chisporroteante de luz sobrenatural que se enrosca como un látigo alrededor de GRAVES. *Éste intenta quitársela de encima, pero se tambalea, forcejea y cae de rodillas. Se le cae la varita.*

TINA
    ¡Accio!

La varita de GRAVES *vuela hasta la mano de* TINA. GRAVES *mira con odio a su alrededor.*

NEWT *y* TINA *avanzan lentamente.* NEWT *levanta su varita.*

NEWT
    ¡Revelio!

GRAVES *se transforma. Ya no es moreno, sino rubio y con ojos azules. Es el hombre que aparecía en los carteles. Todos los presentes murmuran:* GRINDELWALD.

MADAM PICQUERY *va hacia él.*

GRINDELWALD *(despectivo)*
    ¿Cree que puede encerrarme?

MADAM PICQUERY
Haremos lo posible, señor Grindelwald.

GRINDELWALD *mira de hito en hito a* MADAM PICQUERY *y su expresión de asco se convierte en una sonrisita desdeñosa. Dos aurores lo levantan del suelo y lo llevan hacia la entrada.*

Al pasar al lado de NEWT, GRINDELWALD *se detiene. Ambos se sonríen con desdén.*

GRINDELWALD
¿Moriremos sólo un poco?

Se lo llevan del metro. NEWT *observa, desconcertado.*

ELIPSIS:

QUEENIE *y* JACOB *se abren paso entre los aurores.* JACOB *lleva la maleta de* NEWT.

QUEENIE *abraza a* TINA. NEWT *mira fijamente a* JACOB.

JACOB
¡Eh! He supuesto... que alguien tenía que echarle un ojo.

Le da la maleta a NEWT.

NEWT *(humilde, sumamente agradecido)*
Gracias.

MADAM PICQUERY *se dirige al grupo mientras mira a través del techo destrozado de la estación de metro, hacia el mundo exterior.*

MADAM PICQUERY

Le debemos una disculpa, señor Scamander. La comunidad mágica ha sido expuesta. No podemos desmemorizar a toda la ciudad.

Pausa mientras todos asimilan esas palabras.

NEWT *sigue la mirada de* MADAM PICQUERY *y ve una voluta de materia negra, un pequeño fragmento de obscurus, que flota a través del techo. Antes de que lo vea nadie más, la voluta asciende y se aleja flotando, tratando de volver a conectarse con su huésped.*

Pausa. NEWT *se concentra de nuevo en el problema más apremiante.*

NEWT

Yo creo... que sí.

ELIPSIS:

NEWT *ha dejado su maleta, abierta, bajo el gran agujero del techo del metro.*

ZOOM y PLANO DETALLE de la maleta abierta de NEWT.

De pronto, FRANK *estalla e irrumpe en medio de un revuelo de plumas y ráfagas de viento. Los aurores se apartan. La criatura es preciosa, fascinante y aterradora. Bate sus poderosas alas y se queda suspendida sobre ellos.*

NEWT *se adelanta y examina a* FRANK. *Su semblante denota una ternura y un orgullo sinceros.*

NEWT
Mi intención era esperar hasta llegar a Arizona. Pero, al parecer, eres nuestra única esperanza, Frank.

Se miran y se entienden. NEWT *alarga un brazo, y* FRANK *apoya el pico en su hombro. Se acurrucan los dos con cariño.*

Los presentes observan admirados.

NEWT
Yo también te echaré de menos.

NEWT *se aparta y se saca del bolsillo el frasco de veneno de mal acechador.*

NEWT *(a* FRANK*)*
Ya sabes lo que tienes que hacer.

NEWT *lanza el frasco hacia arriba.* FRANK *suelta un chillido agudo, lo atrapa con el pico e inmediatamente sale volando del metro.*

ESCENA 117
EXT. NUEVA YORK - CIELO - AMANECER

Nomajs y aurores gritan y retroceden cuando FRANK *sale del metro y vuela por el cielo, que empieza a clarear.*

Seguimos a FRANK, *que sube cada vez más. Agita las alas con más fuerza, más rápido, y se forman nubes de tormenta. Vemos relámpagos. Ascendemos en espiral mientras* FRANK *gira y se retuerce y deja Nueva York abajo, muy lejos.*

PLANO DETALLE del pico de FRANK, *que aprieta fuertemente el frasco y al final lo rompe. El potente veneno se esparce por la copiosa lluvia, hechizándola, haciéndola aumentar. El cielo se oscurece, lanza destellos de un azul intenso, y empieza a llover.*

ESCENA 118
EXT. BOCA DEL METRO - AMANECER

PLANO PICADO de la multitud, que mira al cielo. Cuando cae la lluvia y los moja, cada uno sigue su camino con pasos dóciles: sus malos recuerdos han desaparecido. Todos continúan con sus asuntos cotidianos, como si no hubiera pasado nada fuera de lo normal.

Los aurores recorren las calles y hacen encantamientos reparadores para reconstruir la ciudad: los edificios y los coches se reparan y las calles vuelven a la normalidad.

PLANO CERRADO de LANGDON, *de pie bajo la lluvia. Su expresión se suaviza, va volviéndose neutra a medida que el agua resbala por su cara.*

PLANO CERRADO *de los policías, que miran, extrañados, sus fusiles: ¿por qué los empuñan? Poco a poco se recomponen y guardan sus armas.*

En una pequeña vivienda, una joven madre contempla con cariño a su familia. Bebe un sorbo de agua y su rostro pierde toda expresión.

Varios grupos de aurores siguen reconstruyendo las calles, vuelven a montar rápidamente las vías rotas del tranvía, y por fin desaparece todo rastro de destrucción. Un auror, al pasar por delante de un quiosco, encanta los periódicos, retirando las fotografías de archivo policial de NEWT *y* TINA *y sustituyéndolas por titulares banales sobre el tiempo.*

El SEÑOR BINGLEY, *el director de banco, está duchándose en su cuarto de baño. A medida que el agua resbala por su cuerpo, él también queda desmemoriado. Vemos a la mujer de* BINGLEY *lavándose los dientes con gesto inexpresivo, totalmente confiada.*

FRANK *sigue sobrevolando las calles de Nueva York, provocando más y más lluvia, y sus alas desprenden un brillo dorado. Acaba deslizándose hacia el amanecer de Nueva York, una imagen magnífica.*

ESCENA 119
INT. ANDÉN DEL METRO - AMANECER

MADAM PICQUERY *observa desde abajo cómo el techo del metro se repara rápidamente.*

NEWT *se dirige a los presentes.*

NEWT
No recordarán nada. Ese veneno tiene unas sorprendentes propiedades desmemorizantes.

MADAM PICQUERY *(impresionada)*
Siempre estaremos en deuda con usted. Ahora llévese esa maleta de Nueva York.

NEWT
Sí, señora presidenta.

MADAM PICQUERY *se dispone a marcharse, y su tropa de aurores la sigue. De pronto se da la vuelta.* QUEENIE, *que le ha leído el pensamiento, se coloca, protectora, delante de* JACOB *y trata de ocultarlo.*

MADAM PICQUERY
¿Sigue ese nomaj por aquí?
(al ver a JACOB*)*
Desmemorícenlo. No puede haber excepciones.

MADAM PICQUERY *ve sus caras de congoja.*

MADAM PICQUERY
Lo siento, aunque sea un solo testigo. Ya conoce las leyes.

Pausa. La aflicción de los otros la incomoda.

MADAM PICQUERY
Dejaré que se despidan.

Se marcha.

ESCENA 120
EXT. METRO - AMANECER

JACOB *sube el primero por la escalera de la boca del metro y los otros lo siguen.* QUEENIE *va muy cerca de él.*

Todavía llueve copiosamente y las calles ya están casi vacías, salvo por unos pocos aurores muy diligentes.

JACOB *ha llegado a lo alto de la escalera, se detiene y contempla la lluvia.* QUEENIE *estira un brazo y lo agarra por la chaqueta: no quiere que salga a la calle.* JACOB *se da la vuelta y la mira.*

JACOB
Eh... Es lo mejor para todos.
(ante las miradas de los otros)
Sí. Yo... No. Ni siquiera debería estar aquí.

JACOB *reprime las lágrimas.* QUEENIE *lo mira, su hermoso rostro lleno de aflicción.* TINA *y* NEWT *también están muy apenados.*

JACOB
Ni siquiera debería saber... nada de esto. Todos saben que Newt me ha dejado acompañarle porque... Eh, Newt, ¿por qué me has dejado acompañarte?

NEWT *tiene que explicarse. No le resulta fácil.*

NEWT
Porque me caes bien. Porque eres... mi amigo. Y nunca olvidaré cuánto me has ayudado, Jacob.

Pausa. JACOB *se emociona con la respuesta de* NEWT.

JACOB
¡Oh!

QUEENIE *sube por la escalera hacia* JACOB. *Se quedan muy cerca el uno del otro.*

QUEENIE *(intenta animarlo)*
Me iré contigo. Iremos no sé dónde. Donde tú quieras. Es que... Nunca encontraré a nadie como tú.

JACOB *(con valentía)*
Hay muchos como yo.

QUEENIE
No, no. Como tú no hay dos.

El dolor es casi insoportable.

JACOB *(una pausa)*
Tengo que irme.

JACOB *se vuelve hacia la lluvia y se enjuga las lágrimas.*

NEWT *(mirándolo)*
Jacob.

JACOB *(procura sonreír)*
No pasa nada, no pasa nada. No pasa nada... Es como despertarse, ¿no?

Todos le sonríen, animándolo y tratando de destensar la situación.

Sin dejar de mirarlos, JACOB camina hacia atrás, hacia la lluvia. Vuelve la cara hacia el cielo, con los brazos extendidos, para que la lluvia lo moje por completo.

Con su varita, QUEENIE hace aparecer un paraguas mágico y va detrás de JACOB. Se acerca a él y le acaricia tiernamente la mejilla. Cierra los ojos y se inclina para besarlo con dulzura.

QUEENIE se separa despacio de JACOB sin dejar de mirarlo ni un segundo. Entonces, de repente, desaparece, y JACOB se queda con los brazos extendidos, abrazando el vacío con añoranza.

PLANO DETALLE de la cara de JACOB, que «despierta» por completo, con gesto inexpresivo y aturdido al ver dónde está, y bajo un aguacero. Luego se aleja por la calle: una figura solitaria.

ESCENA 121
EXT. FÁBRICA DE CONSERVAS DE JACOB
AL CABO DE UNA SEMANA · ÚLTIMA HORA
DE LA TARDE

JACOB, *agotado y rodeado de numerosos empleados de una cadena de producción vestidos con monos de trabajo idénticos, se marcha tras una dura jornada. Lleva una gastada maleta de cuero en la mano.*

Un hombre camina hacia él: NEWT. *Chocan, y la maleta de* JACOB *se cae al suelo.*

NEWT
Oh, lo siento, lo siento mucho.

NEWT *ha seguido adelante con resolución.*

JACOB *(sin reconocerlo)*
¡Eh!

JACOB *se agacha para recoger su maleta y mira hacia abajo, extrañado. De pronto, su vieja maleta pesa mucho. Uno de los cierres se abre por sí solo.* JACOB *sonríe un poco, se agacha y abre la maleta.*

La maleta está llena de cáscaras de huevo de occamy, de plata maciza, y dentro hay una nota. JACOB *la lee, y oímos:*

NEWT *(V.O.)*
«Querido señor Kowalski: está desaprovechado en una fábrica de conservas. Por favor, acepte estos cascarones de occamy como aval para su pastelería. Le deseo lo mejor.»

ESCENA 122
EXT. PUERTO DE NUEVA YORK
AL DÍA SIGUIENTE

PLANO DETALLE de los pies de NEWT, *que camina entre la muchedumbre.*

NEWT *se dispone a marcharse de Nueva York, con el abrigo puesto, la bufanda de Hufflepuff alrededor del cuello, la maleta fuertemente atada con cuerda.*

TINA *va a su lado. Se detienen ante la pasarela.* TINA *está nerviosa.*

NEWT *(sonríe)*
   Bueno, ha sido...

TINA

¿A que sí?

Pausa. NEWT *alza la vista,* TINA *lo mira con expectación.*

TINA

Escucha, Newt, ah... quería darte las gracias...

NEWT

No veo por qué... Yo...

TINA

Bueno, si no le hubieras hablado... tan bien de mí a la señora Picquery, no me habrían aceptado de nuevo en el equipo de investigación.

NEWT

No... no podría pensar en nadie mejor para que me investigara.

No era exactamente lo que tenía pensado, pero ya es demasiado tarde...

NEWT *está un poco aturullado, y* TINA, *tímidamente agradecida.*

TINA

Intenta que no haya que investigarte durante un tiempo.

NEWT

Lo intentaré. Sí, una vida tranquila a partir de ahora. Volveré al Ministerio. Entregaré mi manuscrito.

TINA

Lo buscaré. *Animales fantásticos y dónde encontrarlos.*

Sonrisas tímidas. Una pausa. TINA *se arma de valor.*

TINA
¿Le gusta leer a Leta Lestrange?

NEWT
Perdona, ¿a quién?

TINA
A la chica de la que llevas una foto. ¡Oh!

NEWT
No sé lo que le gustará a Leta actualmente. La gente cambia.

TINA
Sí.

NEWT *(de pronto se da cuenta de algo)*
Yo he cambiado, creo. Yo... tal vez un poco.

TINA *está encantada, pero no sabe cómo expresarlo. En lugar de eso, intenta no llorar. Suena la sirena del barco. Casi todos los otros pasajeros ya han embarcado.*

NEWT
Te mandaré un ejemplar del libro, si no te importa.

TINA
Me encantaría.

NEWT *mira a* TINA, *turbado y cariñoso. Estira un brazo con dulzura y le acaricia el pelo. Se quedan quietos un momento, mirándose a los ojos.*

Una última mirada y, de pronto, NEWT *se separa y deja a* TINA *de pie.* TINA *levanta una mano y se toca el mechón que acaba de acariciarle* NEWT.

Pero entonces él vuelve.

NEWT
   Perdona. ¿Qué te parecería... que te diera un ejemplar en persona?

Una sonrisa radiante ilumina la cara de TINA.

TINA
   Me encantaría. No sabes cuánto.

NEWT *sonríe también antes de darse la vuelta y alejarse.*

Se detiene en la pasarela, quizá porque no sabe cómo comportarse, pero al final sigue adelante sin volver la cabeza.

TINA *se queda sola en el muelle vacío. Cuando se da la vuelta y se marcha, le vemos dar un alegre saltito.*

ESCENA 123
EXT. PASTELERÍA DE JACOB, LOWER EAST SIDE
TRES MESES MÁS TARDE - DÍA

PLANO GENERAL de una bulliciosa calle de Nueva York: puestos de mercado a ambos lados de la calle, abarrotada de gente atareada, caballos y carros.

PLANO CERRADO de una pequeña y atractiva pastelería. Hay una multitud frente a la tiendecita, con un letrero que reza «KOWALSKI». La gente escudriña la tienda, interesada, a través del escaparate, y salen muchos clientes contentos, cargados de paquetes.

ESCENA 124
INT. PASTELERÍA DE JACOB, LOWER EAST SIDE
DÍA

PLANO DETALLE de la campanilla de la puerta, que suena para señalar que ha entrado otro cliente.

PLANO DETALLE de los pastelitos y los panes que hay en el mostrador, todos con formas originales. Reconocemos al demiguise, al escarbato y al erumpent entre ellos.

JACOB *atiende el mostrador, muy contento, y la tienda está hasta los topes de clientes.*

CLIENTA *(examinando los pastelitos)*
  ¿De dónde saca estas ideas, señor Kowalski?

JACOB
  No sé, no sé, me vienen.

Entrega sus pastelitos a la clienta.

JACOB
  Tenga. No se lo deje aquí. Gracias.

JACOB *se da la vuelta, llama a uno de sus empleados y le da un par de llaves.*

JACOB
  ¡Eh! Henry. Al almacén. Gracias.

Vuelve a sonar la campanilla.

JACOB *levanta la cabeza y se queda estupefacto: es* QUEENIE. *Se miran.* QUEENIE *sonríe, radiante.* JACOB, *desconcertado y totalmente hechizado, se lleva una mano al cuello y cree recordar algo. Le devuelve la sonrisa.*

FIN

AGRADECIMIENTOS

Sin la paciencia y la sabiduría de Steve Kloves y David Yates, no habría guión de *Animales fantásticos*. Les estoy infinitamente agradecida por cada comentario, cada palabra de ánimo, cada mejora que me sugirieron. Aprender, según las inmortales palabras de Steve, a «adaptar la mujer al traje» ha sido una experiencia fascinante, desafiante, exasperante, estimulante, desesperante y, en definitiva, gratificante, que no me habría perdido por nada del mundo. Sin ellos no habría podido hacerlo.

David Heyman ha estado a mi lado desde los primeros pasos de la transición de Harry Potter a la gran pantalla, y *Animales fantásticos* habría sido inmensamente más pobre sin él. Hemos hecho un largo viaje desde aquella primera comida inquietante en el Soho, y ahora le está aportando a Newt todo el conocimiento, la dedicación y la experiencia que le aportó a Harry Potter.

Sin Kevin Tsujihara nunca habría existido una serie para *Animales fantásticos*. Aunque he llevado el germen de la idea de *Animales fantásticos* desde 2001, cuando escribí el libro inicial con fines benéficos, fue Kevin quien me hizo comprometerme a llevar la historia de Newt a la gran pantalla. Su apoyo ha sido inestimable, y él se merece la mayor parte del mérito por hacer esto realidad.

Por último, pero no menos importante, mi familia me ha apoyado enormemente en este proyecto, aunque me ha obligado a trabajar el equivalente a un año de vacaciones. No sé dónde estaría sin vosotros, sólo

sé que sería un sitio oscuro y triste donde no tendría ganas de inventar nada. Así que Neil, Jessica, David y Kenzie: gracias por ser absolutamente maravillosos, divertidos y cariñosos, y por seguir creyendo que debería perseguir animales fantásticos, pese a lo difícil y agotador que eso pueda resultar a veces.

GLOSARIO DE TÉRMINOS CINEMATOGRÁFICOS

Barrido: paso de un plano a otro mediante un movimiento rapidísimo y seco de la cámara.

Elipsis: corte a un momento posterior de la misma secuencia.

Ext.: Exterior.

Fuera de cuadro: acción que se desarrolla fuera de nuestra visión, o diálogo que se oye sin que el personaje aparezca en la pantalla.

Inserto: toma de transición extremadamente breve, a veces de un solo fotograma.

Int.: Interior.

La cámara se mantiene: la cámara se detiene en una persona u objeto.

Montaje: secuencia de tomas que condensa espacio, tiempo e información, a menudo con acompañamiento de música.

Panorámica: movimiento de rotación de la cámara.

Plano cenital: la cámara está situada en lo alto, y «mira desde arriba» al sujeto o la escena.

Plano detalle: la cámara filma de cerca a una persona u objeto.

Plano general: la cámara muestra el objeto completo, o la figura humana entera, generalmente para situarla en relación con su entorno.

Plano subjetivo: la cámara filma desde el punto de vista de determinado personaje.

Salto: corte de un momento importante al siguiente desde el mismo ángulo. Esta transición suele utilizarse para mostrar un lapso de tiempo muy breve.

Sotto voce: el personaje habla en susurros o por lo bajo.

V. O. (Voice-over): el personaje habla sin estar presente en la escena o en la pantalla.

Volver a escena: después de centrarse en un personaje o una acción dentro de una escena, la cámara vuelve a la escena general.

EQUIPO TÉCNICO Y ARTÍSTICO

Warner Bros. Pictures presenta
una producción de Heyday Films
una película de David Yates

ANIMALES FANTÁSTICOS Y DÓNDE ENCONTRARLOS

Dirigida por . . . . David Yates
Escrita por . . . . J.K. Rowling
Producida por . . . . David Heyman p.g.a., J.K. Rowling p.g.a.,
Steve Kloves p.g.a., Lionel Wigram p.g.a.
Productores ejecutivos . . . . Tim Lewis, Neil Blair, Rick Senat
Director de fotografía . . . . Philippe Rousselot, A.F.C./ASC
Diseñador de producción . . . . Stuart Craig
Edición . . . . Mark Day
Vestuario . . . . Colleen Atwood
Música . . . . James Newton Howard

PROTAGONISTAS

NEWT SCAMANDER . . . . Eddie Redmayne
TINA GOLDSTEIN . . . . Katherine Waterston
JACOB KOWALSKI . . . . Dan Fogler
QUEENIE GOLDSTEIN . . . . Alison Sudol
CREDENCE BAREBONE . . . . Ezra Miller
MARY LOU BAREBONE . . . . Samantha Morton
HENRY SHAW PADRE . . . . Jon Voight
SERAPHINA PICQUERY . . . . Carmen Ejogo

y

PERCIVAL GRAVES . . . . Colin Farrell

SOBRE LA AUTORA

J.K. Rowling es autora de los siete libros de la famosísima saga de Harry Potter, publicados entre 1997 y 2007. Traducida a setenta y nueve idiomas y con más de 450 millones de ejemplares vendidos en más de doscientos países, la serie ha sido también fuente de inspiración de ocho películas de enorme éxito en taquilla. J.K. Rowling ha escrito, además, tres libros complementarios con fines benéficos: *Quidditch a través de los tiempos* y *Animales fantásticos y dónde encontrarlos* (a beneficio de Comic Relief), y *Los cuentos de Beedle el Bardo* (a beneficio de Lumos). En 2012, J.K. Rowling creó el sitio web Pottermore, donde sus fans pueden disfrutar de nuevos textos de la autora y sumergirse aún más en el mundo de los magos. J.K. Rowling también ha colaborado con el dramaturgo Jack Thorne y el director John Tiffany en una obra teatral, *Harry Potter y el legado maldito. Partes Uno y Dos*, que se estrenó en el West End de Londres en el verano de 2016. Además de su extraordinaria contribución a la literatura juvenil, es autora de *Una vacante imprevista*, su primera novela para adultos, y, con el seudónimo Robert Galbraith, ha creado el entrañable personaje del detective Cormoran Strike, protagonista de una serie de apasionantes novelas policíacas ambientadas en Londres que la BBC adaptará para la televisión. *Animales fantásticos y dónde encontrarlos* es el primer guión cinematográfico de J.K. Rowling.

DISEÑO DEL LIBRO

El diseño de este libro es obra de MinaLima, premiado estudio fundado por Miraphora Mina y Eduardo Lima, encargados del diseño gráfico de la película *Animales fantásticos y dónde encontrarlos*, así como de las ocho películas de Harry Potter.

Tanto la portada como las ilustraciones del interior se basan en criaturas que aparecen en la historia y se inspiran en el estilo decorativo de la década de 1920. Han sido dibujadas a mano y procesadas digitalmente con Adobe Illustrator.

Se han usado las tipografías New Century Schoolbook para el texto general y Sheridan Gothic SG para los títulos.

SINOPSIS

J.K. Rowling te invita a descubrir una nueva era del mundo de los magos...

El explorador y magizoólogo Newt Scamander acaba de regresar de un viaje alrededor del mundo en busca de las criaturas mágicas más raras y fascinantes. Llega a Nueva York con la intención de hacer sólo una breve estancia. Sin embargo, Newt pierde su maleta y algunos de sus animales fantásticos se escapan por la ciudad, lo que resulta nefasto para todos...

Animales fantásticos y dónde encontrarlos, la gran película protagonizada por el galardonado Eddie Redmayne, que interpreta a Newt Scamander, representa el debut de J.K. Rowling como guionista. Ambientada más de cincuenta años antes del inicio de la saga de Harry, y con un elenco de personajes excepcional, esta historia sobre la amistad, la magia y el caos es una narración espléndida y repleta de aventuras.